Bianca

Lucy Ellis
Orgullo y ternura

Editado por HARLEQUIN IBÉRICA, S.A.
Núñez de Balboa, 56
28001 Madrid

I.S.B.N.: 978-84-687-2737-0
Depósito legal: M-10183-2013
Editor responsable: Luis Pugni
Fotomecánica: M.T. Color & Diseño, S.L. Las Rozas (Madrid)
Impresión en Black print CPI (Barcelona)
Fecha impresion para Argentina: 16.12.13
Distribuidor exclusivo para España: LOGISTA
Distribuidor para México: CODIPLYRSA
Distribuidores para Argentina: interior, BERTRAN, S.A.C. Vélez
Sársfield, 1950. Cap. Fed./ Buenos Aires y Gran Buenos Aires,
VACCARO SÁNCHEZ y Cía, S.A.

Capítulo 1

EN GENERAL, Nash no aceptaba de buen grado la publicidad, por lo que reunirse con una publicista iba en contra de sus reglas. Sin embargo, aquella reunión era para un evento benéfico y, por lo tanto, él no podía negarse.

–Me reuniré con ella en el American Bar del Hotel de París.

Comprobó su reloj mientras se acercaba a su Bugatti Veyron.

–Estaré con Demarche hasta la una. Puedo dedicarle a esa mujer un par de minutos en el bar. Trataré de llegar a tiempo, pero seguramente tendría que esperar.

Era una de las pocas ventajas de la fama. La gente estaba dispuesta a esperar. Se detuvo un instante antes de entrar en el coche y miró hacia las tranquilas aguas del Mediterráneo.

Cullinan le estaba hablando sobre una mesa.

–No, no reserves ninguna mesa. Esto será cuestión de cinco minutos. No habrá necesidad de sentarse.

El equipo directivo de Blue estaba dirigido por John Cullinan, un eficiente irlandés que Nash había empleado al principio de su carrera como piloto, cuando adquirió fama mundial. John lo había protegido de los medios durante más de una década y Nash confiaba en él plenamente.

Lo necesitaría en las próximas semanas. Ya había muchas especulaciones sobre su futuro. No se había filtrado nada durante el Gran Premio que se había celebrado allí en Mónaco en el mes de mayo, pero, de algún modo, su presencia junto a la pista con Antonio Abruzzi, la estrella de los Eagle, había provocado un gran revuelto en los medios. En realidad, no hacía falta demasiado. Un poco de carne en el agua y las pirañas no tardaban en salir a la superficie. Esa era la razón por la que su reunión con la escudería Eagle iba a tener lugar en la intimidad de una habitación de hotel, rodeada de grandes medidas de seguridad por ambas partes.

Nash dio por terminada la llamada y se metió en su coche. Estaba deseando salir de la ciudad.

Arrancó el motor con un rápido movimiento de muñeca. Sus profundos ojos azules grisáceos, color que una comentarista deportiva había denominado «azul letal», observaron el tráfico. Nash se apartó inmediatamente del exterior de las oficinas de la empresa que lo había sido todo para él durante cinco años.

Acababa de cerrar un trato con Avedon, un fabricante de coches, para producir el Blue 22, cuyo diseño llevaba madurando desde sus días como piloto de carreras.

Por suerte, era un hombre bastante reservado. El hecho de que lo criara un borracho que solucionaba cualquier pataleta infantil con una bofetada le había inculcado el hábito del silencio. Para el público, era un hombre impenetrable. Un frío canalla, según una examante desencantada.

En aquellos momentos, el mundo entero le tomaba muy en serio. A sus treinta y cuatro años, había sobrevivido como profesional en uno de los deportes más peligrosos del mundo durante casi una década antes de retirarse en la cima de su carrera. Al contrario de muchos otros profesionales de deporte, había centrado su experiencia y su apasionado amor por el diseño en una segunda carrera.

Una segunda carrera muy exitosa, que dejara en la sombra la fama que había tenido como piloto, tal y como había sido su intención desde el principio. Podía exigir cualquier precio por su trabajo y, en aquellos momentos, lo reclamaban por todas partes. Estaba en lo más alto de la élite de especialistas.

Sin embargo, se sentía inquieto. No lo podía negar. En varias ocasiones a lo largo del año anterior se había sorprendido preguntándose qué iba a hacer a continuación.

Sabía la respuesta a esa pregunta. Por esa razón, el pez gordo de Eagle había acudido a la ciudad la noche anterior.

Sí. Quería volver al juego, pero lo haría bajo sus propias condiciones. Cuando tenía veinte años, había corrido contra los mejores del mundo y contra sus propios demonios, pero había sabido muy bien cuándo había llegado el momento de parar. Sabía también que en aquella ocasión todo sería diferente. Sus sentimientos sobre el mundo de las carreras habían sufrido un cambio. Ya no era un muchacho. Ya no tenía nada que demostrar.

La carretera se despejó. Cambió de marcha y comenzó a subir la colina.

Aquella mañana tenía una cita en el Point con un coche verdaderamente glamuroso. Ni siquiera el hecho de pensar en todas las reuniones que tenía aquella tarde lograba estropear la sensación de que había encontrado algo verdaderamente especial. Se decía que aquel vehículo era una preciosidad. Por fin iba a ver con sus propios ojos de lo que tanto hablaba todo el mundo.

Había aterrizado en Mónaco aquella mañana, después de pasarse veinticuatro horas en un avión, para escuchar la noticia de que el dueño lo había prestado, pero estaría disponible aquella tarde. Como tenía toda la mañana libre, Nash había decidido subir la colina y, posiblemente, rescatar a aquella joya de cualquier indignidad que pudiera haberle ocurrido a lo largo de la noche anterior.

La casa daba a la bahía. Hermosa y exclusiva. Sin embargo, ¿qué domicilio no lo era en aquella ciudad? La casa tenía fama de ser el refugio de una famosa actriz de los años veinte y Nash tenía curiosidad por verla. Había pasado delante de ella en muchas ocasiones, pero aquella era la primera vez que atravesaría la verja de entrada. Para su sorpresa, encontró la verja completamente abierta. Extraño. La seguridad normalmente era muy estricta en aquella zona.

Mientras hacía pasar el deportivo por las verjas de entrada y lo hacía avanzar por el camino de grava, se dio cuenta de que todo estaba muy abandonado. Las buganvillas en flor no eran capaces de ocultar que aquel lugar necesitaba una buena remodelación.

Entonces, lo vio.

Detuvo el coche y salió rápidamente para avanzar hacia el objeto de su deseo. Escondido entre unos macizos de flores.

Un Bugatti T51 de 1931 en medio de un parterre de flores. Para más ignominia, tenía abierta una de las puertas.

Todos los músculos de su cuerpo se tensaron. No estaba enfadado, sino más bien entristecido.

Como sabía bien cómo contener sus sentimientos, refrenó su furia. Sabía que tenía que dirigirla donde podría hacer bien.

Vio que se dirigía hacia él un hombre corpulento vestido con ropa de jardinero. Agitaba los brazos hacia el cielo como si estuviera suplicando la intercesión divina.

–*Monsieur! Un accident avec la voiture!*

Sí. Aquello era un modo de explicarlo.

Fue entonces cuando empezaron los gritos.

Capítulo 2

LORELEI St James se despertó. Se estiró lángui-
damente, deslizando los brazos desnudos sobre
las sábanas de seda y gozando con la sensualidad de aquel lujo. Se dio la vuelta y enterró el rostro
sobre la almohada. Si hubiera sido posible, se habría
pasado todo el día durmiendo. Desgraciadamente,
una voz masculina lanzó un grito enojado en el exterior de la terraza a la que daba su dormitorio.

«Ignóralo», se dijo mientras se acurrucaba un poco
más.

La voz siguió gritando.

Ella se acurrucó un poco más.

Más gritos.

Ella arrugó la nariz.

Un golpe.

¿Qué era lo que estaba pasando?

Con un suspiro, se levantó el antifaz de raso que
utilizaba para dormir y parpadeó para tratar de aco-
modar los ojos a la brillante luz del sol del Mediterráneo. La habitación dio vueltas a su alrededor, sin duda
como consecuencia del exceso de champán, de pocas
horas de sueño y de suficientes problemas económicos
como para hundir aquella casa a su alrededor.

Apartó aquellos pensamientos de su cabeza. El corazón le latía a toda velocidad. A tientas, trató de buscar un vaso de agua que aliviara la sed que le abrasaba

la garganta aquella mañana, pero lo único que consiguió fue tirar al suelo su reloj, su teléfono móvil y un montón de joyas enredadas entre sí.

Se sentó sobre la cama y se apartó los rizos rubios de los ojos. Entonces, arrugó la nariz y tuvo que agarrarse al colchón. La habitación volvía a dar vueltas a su alrededor.

«No volveré a beber nunca más», se juró. «Bueno, si lo hago, serán solo cócteles de champán y gin-tonics», corrigió.

Justo en aquel momento, cuando se sentía más vulnerable, el teléfono empezó a sonar. El corazón le dio un vuelco. Normalmente, cuando el teléfono sonaba, había una persona furiosa al otro lado de la línea telefónica.

Antes de que pudiera bajarse de la cama, el teléfono dejó de sonar, pero las voces de hombre que resonaban en el exterior comenzaron a hacerse más fuertes. Aquello era lo que la había despertado. Hombres gritando. Se estaba produciendo alguna clase de altercado.

Ella no tenía por qué vérselas con algo así. Aquel día no...

Sin embargo, sin los camareros de la noche anterior, contratados por la empresa de catering, solo estaban Giorgio y su esposa Terese. Era injusto dejar que ellos se ocuparan de los que acudían a la casa. Habían sido muchos en las últimas semanas, todos ellos acreedores, acosándola dado que Raymond, su padre, estaba en prisión.

Como si le quedara algún céntimo después de dos años de pagar los honorarios de sus abogados.

No es que estuviera exactamente ignorando sus problemas. Prefería pensar que delegaba su responsabilidad. Se enfrentaría a la llamada de teléfono más tarde, al igual que a los correos electrónicos y a los abogados que buscaban su firma en una montaña de documentos. Aquel día no. Tal vez al siguiente. Era un día tan hermoso... El sol brillaba. No podía estropearlo. Un día más en el paraíso. Después, ya vería.

Solo un día más....

Entonces, lo recordó todo. No solo tenía un cliente a mediodía, sino que tenía una cita aquella tarde en el Hotel de París. Tenía que ver con la Fundación Aviaria, la organización benéfica de su abuela. Todos los años celebraban un evento para recaudar dinero para la investigación del cáncer.

Aquel año, el acto principal iba a ser un rally de coches antiguos. Un famoso piloto de carreras les iba a dar a los niños enfermos de cáncer el placer de montarse en un coche de alta cilindrada para darse una vuelta por la pista. El publicista habitual estaba enfermo, por lo que el presidente de la fundación le había pedido a ella que diera la bienvenida al piloto elegido.

Se apretó las sienes. Ni siquiera había investigado un poco sobre él...

Extendió la mano para agarrar el vestido de noche que tenía a los pies de la cama y se lo metió por la cabeza. Estaba encantada de recibir al invitado. De hecho, haría cualquier cosa por la fundación de su abuela, pero no aquel día precisamente.

Lanzó un grito cuando algo pequeño y peludo se le sentó en el regazo y le clavó las uñas en la carne.

—Fifi —le recriminó al animal—. Compórtate, *ma chère*...

Levantó a la gatita blanca a la que adoraba y enterró el rostro en la suave piel.

–Ahora, sé buena y quédate aquí. *Maman* tiene asuntos de los que ocuparse.

Fifi se sentó expectante sobre las sábanas de seda blanca y observó con curiosidad cómo su ama abría las puertas que daban al jardín y salía al exterior. Iba a ser uno de esos perfectos días de principios de septiembre. Aspiró ávidamente la suave brisa, perfumada delicadamente con el aroma de la lavanda y de romero. Decididamente, no tenía ninguna gana de ocuparse de aquel asunto, pero bajó las escaleras de piedra y, mientras se colocaba las gafas de sol, se dijo que, fuera quien fuera, lo peor que podía hacer era gritarla a ella también. No le gustaba que la gritaran y menos que nunca aquella mañana, pero Giorgio tampoco se lo merecía

En primer lugar, vio el Bugatti y sintió que el alma se le caía a los pies. ¿Cómo diablos había terminado en el jardín? En realidad, si se lo pensaba bien, se lo podía imaginar perfectamente...

Entonces, vio al hombre que la había despertado. Era..

Lorelei se dio cuenta de que se había quedado boquiabierta. Inmediatamente, recordó que no se había peinado, que iba sin maquillar y que no llevaba ropa interior...

Demasiado tarde. Él ya la había visto.

No podía hacer nada sobre el arrugado vestido, pero se atusó el cabello y se alegró de llevar gafas, que aquella mañana podían ocultar fácilmente sus pecados. Trató de recordar que, aunque no presentaba su mejor imagen, no había perdido su encanto.

Él se dirigió hacia ella. Medía más de un metro ochenta, con anchos hombros, amplio torso, esbelta cintura, estrechas caderas y largas y poderosas piernas. Además, contaba con uno de esos rostros de belleza clásica que podría haber pertenecido a una estrella de la pantalla de antaño.

Lorelei sabía muy bien que debía tomar la iniciativa. Se dirigió al Bugatti, dejando que su invitado contemplara su imagen posterior, imagen que sabía que resultaba muy atractiva gracias a la hípica y la hora de ejercicios diarios.

–Dios mío –dijo–. Hay un coche en mis rosales.

–¿Es usted responsable de esto? –le preguntó el desconocido mientras se acercaba a ella.

Lorelei comprendió tres cosas. Era australiano, tenía una voz profunda y masculina y, cuando se dio la vuelta, comprobó que él no parecía estar de humor para que lo divirtieran o lo encandilaran. No podía culparlo. El coche tenía muy mal aspecto.

–¿Sí o no? –insistió. Entonces, se quitó las gafas de estilo aviador y dejó al descubierto un par de ojos espectaculares. Azules bordeados de gris y rodeados de espesas pestañas oscuras.

Eran unos ojos maravillosos. Lorelei no pudo hacer otra cosa más que observar. Desgraciadamente, aquellos ojos parecían inmovilizarla como si fuera un bisturí sobre una mesa de disección. Bajó de nuevo a la tierra de un golpe.

Él se metió las gafas en el bolsillo trasero de los pantalones y se cruzó de brazos.

–¿Podría contestarme?

Ella levantó una mano temblorosa y se alisó el cabello.

–¿Está colocada, señorita?

Lorelei estaba tan ocupada guardando las apariencias que no había escuchado ninguna de sus preguntas.

–*Pardon?*

Giorgio comenzó a musitar algo en italiano y el desconocido le respondió en ese idioma. Delante de sus narices, los hombres parecían estar congeniando gracias a su ira por el estado del coche. Lorelei frunció el ceño.

Aquello no era lo que solía pasar cuando un hombre conocía a Lorelei. Su italiano era mínimo y, además, no le gustaba que la mantuvieran al margen por el hecho de no comprender lo que se decía. Y le molestaba que la ignoraran.

—Bien, ¿cree que podría sacarlo antes de que hiciera más daño a mis flores?

Vio que el recién llegado tensaba los hombros y se giraba. Su bravuconada se disipó inmediatamente. Él se comportaba como si todo aquello fuera suyo. La miró fijamente y, en ese instante, Lorelei supo que él no estaba encandilado y que no lo iba a estar.

—Por lo que a mí se refiere, señorita —le espetó—, está usted acabada.

La reacción de ella fue fiera e inmediata. Odiaba aquella sensación. Llevaba enfrentándose a ella mucho tiempo. Le parecía que, últimamente, lo único que hacía era cargar con las culpas. Efectivamente, en aquella ocasión era culpa suya, pero, por alguna razón la ira de él le pareció desproporcionada e injusta.

¿A quién le importaba un maldito coche cuando su vida se estaba desmoronando?

Por lo tanto, hizo lo que siempre hacía cuando un hombre la desafiaba. Sacó la artillería, tal y como había aprendido de su querido e irresponsable padre.

Ingenio y atractivo sexual.

Se bajó las gafas y le dedicó una mirada de alto voltaje.

—Me muero de ganas... —ronroneó.

Capítulo 3

POR el aspecto que tenía aquella mujer, resultaba evidente que acababa de levantarse de la cama. Durante un extraño momento, Nash sintió deseos de volver a meterla entre las sábanas.

No era de extrañar. Era una mujer muy guapa, que emanaba una cálida sensualidad que podría haber sido una combinación de su aspecto y del modo en el que movía su cuerpo, aunque Nash presentía que provenía de la misma esencia de su personalidad.

En otro momento y en otro lugar, aquella situación habría tenido un final muy diferente...

Un hombre como él, una mujer como ella...

Sin embargo, no sería aquel día.

Ni en aquel momento.

Con el revuelo publicitario que estaba a punto de estallar a su alrededor, aquella rubia era demasiado llamativa. Transmitía una imagen demasiado sexual y, por muy tentado que él se sintiera, era algo que no se podía permitir cuando todo estaba a punto de empezar. Haría bien en recordar eso.

En realidad, su primera impresión de aquella mujer había sido completamente diferente. Cuando la vio por primera vez, durante un instante vio solo a una mujer alta, de constitución delicada, tan elegante y tímida como una gacela, tanto que, durante un instante, Nash no se había atrevido a moverse por miedo a asustarla.

Entonces, ella lo miró y se dirigió directamente al Bugatti. En aquel preciso instante, tenía las manos sobre las caderas y transmitía glamour en estado puro. No obstante, él se percató de algo más. No llevaba puesto mucho o, mejor dicho, lo que llevaba puesto demostraba a las claras la carencia de otras prendas.

Trató de comportarse como un caballero y la miró al rostro. Durante un instante, ella pareció algo avergonzada, aunque Nash no estaba seguro de la razón. Tampoco le importaba.

Lo único que le importaba era el coche.

Sacó el teléfono móvil y marcó un número.

—Por lo que a mí respecta, señorita, usted ha cometido un crimen. Este coche es una obra de arte, un tesoro y usted lo ha destrozado.

Ella se quitó las enormes gafas de sol y lo miró con asombro, como si la reacción que presentaba fuera exagerada.

Nash no podía apartar la mirada. Después de la ropa y de aquella actitud, no había esperado unos maravillosos ojos ámbar, ligeramente rasgados, encantadores... Los ojos de una delicada gacela.

—Yo no he destrozado nada —replicó ella con su profunda y sensual voz.

Nash se cruzó de brazos, aún embrujado por aquellos ojos. Intuía que ella estaba a punto de justificarse y aquello era algo que sería digno de escucharse.

—Tal vez esté un poco arañado. Nada más —admitió—. Supongo que hay unos dos mil en todo el mundo y...

—Ocho —dijo él secamente—. Quedan ocho en el mundo.

—Siete más que este. No es una catástrofe tan grande, *non*?

Nash la miró con incredulidad.

–Además, está hecho por el hombre –dijo ella mientras deslizaba las manos por la suave línea de las caderas, atrayendo la atención al evidente hecho de que no llevaba ropa interior.

–Bonito gesto, muñeca –repuso él siguiendo con la mirada el movimiento de sus manos–. Eres muy hermosa y estoy seguro de que tienes a los hombres en fila a la puerta de tu casa, pero las mujeres sin conciencia no me atraen en absoluto.

Ella detuvo las manos en las caderas. Pareció ligeramente escandalizada. Durante un instante, Nash se preguntó si sería otra estratagema. Entonces, ella levantó la barbilla y dijo fríamente:

–Tal vez pueda conseguir las piezas y arreglarlo.

A pesar de su irritación, Nash estuvo a punto de soltar una carcajada. ¿Estaba hablando en serio?

–Sí, así de fácil...

Por fin, perdió la batalla de no prestarle atención al camisón de seda, o lo que fuera aquello que llevaba puesto, y al modo en el que se adhería a las líneas de su cuerpo. Cuando ella se movía, tal y como lo estaba haciendo en aquellos momentos, no dejaba nada a la imaginación. La seda se pegaba a las largas piernas, hacía destacar las caderas y la delicada curva de los senos. El cuerpo de Nash pareció despertar. En términos de diseño, ella rivalizaba con el Bugatti.

–¿Está buscando algo? –le preguntó ella de repente.

Nash la volvió a mirar a los ojos. En aquella ocasión, vio que lo observaban bastante astutamente. Evidentemente, la actitud inocente de antes había sido una gran actuación.

–Sí, una conciencia.

Ella se cruzó de brazos, como si acabara de recuperar su modestia.

–Está ahí, se lo aseguro. Solo tiene que buscar un poco.

Nash sonrió.

–Creo que no me interesa.

–Una pena –replicó ella mientras, tras retirarse los rizos del rostro con un elegante gesto de la mano, se dirigió hacia la parte trasera del Bugatti–, pero estoy segura de que se puede arreglar. Después de todo, tan solo se ha chocado contra unos rosales. Una mano de pintura como mucho. No creo que sea como para disgustarse tanto –añadió mirándolo por encima del hombro.

¿Fue producto de su imaginación o en ese momento, ella lo miró durante un instante de cintura para abajo?

Nash escuchó a uno de sus hombres hablando al otro lado del teléfono. Lo levantó momentáneamente y dijo:

–Dame un minuto, amigo.

–¿Acaso ha cambiado de opinión? –le preguntó ella con deliberación–. ¿Sobre el coche?

–Nada ha cambiado, nena. Excepto tu bonito día. Te enviaré la factura.

–¿Algo más? –replicó ella en tono desafiante.

–Sí, un buen sermón por parte de tu padre sobre el hecho de que estropear el coche de otra persona te puede meter en un buen lío.

Durante un instante, ella lo miró como si fuera a decir algo al respecto. Entonces, se apartó el cabello de la cara, le dedicó una distraída sonrisa y se marchó por donde había llegado.

Nash no habría sido un hombre de los pies a la cabeza si no se hubiera fijado inexorablemente en lo que ya se había fijado antes: un bonito trasero. Era como un melocotón perfecto, redondeado y respingón bajo la seda de la prenda que llevaba puesta.

Entonces, vagamente, Nash se dio cuenta de que el italiano lo estaba mirando con desaprobación y apartó los ojos de la vista.

–El coche no está tan dañado como para que tenga que asustarla –gruñó el anciano–. Y es mejor que deje de mirarla así. La señorita St James es una mujer muy amable. Ella no se ha buscado todo este problema. Conozco a los que son como usted. Los de los coches llamativos. ¿Quiere encontrarse una fresca? Váyase a la ciudad.

¿Una fresca? ¿En qué año estaban? ¿En 1955?

–No, señor. Yo tan solo quiero el coche. Arreglado.

Sintió la tentación de meterse en su coche y de olvidarse del Bugatti, pero iba en contra de los pocos principios que le quedaban. Aquel coche era un tesoro y se me merecía que lo trataran como tal.

Tras concretar los detalles de la recogida, se dirigió hacia su propio vehículo. Entonces, se vio distraído sobre el inequívoco sonido de unos zapatos de tacón sobre las losetas del patio.

La señorita St James acababa de salir con unos pantalones blancos de seda que se movían elegantemente en torno a sus largas piernas, y una camiseta verde, que le dejaba los hombros al descubierto. Además, se había aplicado un llamativo lápiz de labios rojo. Aunque sus ojos quedaban ocultos bajo aquellas enormes gafas, Nash vio que sonreía mientras se dirigía hacia un descapotable que estaba aparcado junto al muro del jardín. Observó cómo se montaba.

Él ya había terminado allí. Sería queriendo el coche y lo quería en perfectas condiciones, pero primero averiguaría por qué el Bugatti estaba aparcado entre los rosales.

–Un momento, nena.

Ella se detuvo secamente y lo miró por encima del

hombro. Entonces, se bajó las gafas, como si quisiera observarlo mejor.

–¿Hay algo más? –le preguntó ella muy educadamente.

Demasiado educadamente.

–Antes de que te marches, permíteme que te dé un consejo...

–¿Un consejo?

–Búscate un abogado.

La sonrisa que ella le había estado dedicando hasta entonces se quebró. Sin embargo, antes de que él pudiera leer la expresión de su rostro, ella volvió a colocarse las gafas sobre el puente de la nariz.

–Por mucho que me guste que me saque de la cama un hombre guapo para que luego me eche un sermón, tengo una cita y esto se está complicando demasiado –replicó ella mirándolo con altivez–. Si el coche tiene algún daño, ¿por qué no lo añade al precio de venta?

Entonces, se metió en su coche y se dispuso a arrancarlo, pero Nash extendió la mano y le quitó las llaves.

–¡Eh!

–El mundo no se rige por tu horario, princesa –dijo él. Entonces, le arrojó las llaves sobre el regazo–. Ahora, solo por curiosidad, ¿cómo terminó el coche entre los rosales?

Ella arrancó el coche.

–Creo que fue cuando me dejé quitado el freno de mano –respondió. Y, sin decir ni una sola palabra más, echó a andar marcha atrás rodeada por una nube de polvo.

Douleur bonne. ¿Qué se creía ella que estaba haciendo?

Lorelei se agarró con fuerza al volante mientras conducía. El corazón le latía con fuerza en el pecho. Tenía que marcharse de allí antes de que un desconocido lo estropeara todo.

Alors... Se podría haber disculpado y haberse ofrecido a pagar los daños. Una mujer más prudente habría hecho algo así. Sin embargo, últimamente, no se podía decir que la prudencia fuera su fuerte...

Simplemente quería que aquel fuera un día agradable.

Un día más.

¿Acaso era demasiado pedir?

Pisó el acelerador y dejó que el viento se le enredara en el cabello. Tal vez si condujera un poco más rápido, se sentiría mejor.

También estaba viviendo más deprisa. La noche anterior se había excedido. De hecho, tan solo con pensarlo se ponía enferma. Había bebido demasiado. Había flirteado con los hombres equivocados. Cuando alguien le indicó que algunos de los asistentes a la fiesta se habían montado en el coche, lo había trasladado de sitio ella misma para aparcarlo en el patio privado. Evidentemente, se había olvidado del freno de mano

¿Por qué no se había acordado de poner el freno de mano?

¿Y por qué se había portado tan maleducadamente aquella mañana? ¿Por qué no se había disculpado y había tratado de suavizar la situación? Tal vez la pregunta adecuada debía ser qué era exactamente lo que había estado tratando de demostrar? ¿Tan desesperada estaba por atraer la atención? ¿Por conseguir que alguien se diera cuenta de que necesitaba ayuda?

Sorprendida por aquel pensamiento, Lorelei levantó el pie del acelerador.

¿Acaso necesitaba ayuda?

Aquel pensamiento la distrajo. Ciertamente no les iba a pedir ayuda a ninguno de sus amigos. Ninguno de ellos le había ofrecido siquiera una palabra de consejo desde que había comenzado aquella pesadilla. ¿Acaso podía llamar amigos a alguna de las personas que había en su casa la noche anterior? Seguramente no.

No importaba. Al final, una fiesta significaba simplemente que no estaba sola. Odiaba estar sola. Uno no se podía esconder cuando estaba sola...

En el retrovisor vio que se le acercaba un coche rojo. Instintivamente, apretó el acelerador. El coche no aumentó la velocidad. Entonces, volvió a intentarlo y se dio cuenta de que el acelerador no respondía. Aunque aquello ya le había ocurrido antes, sintió un ligero pánico y pisó suavemente el freno. Entonces, llevó el coche hacia el arcén. Vio que el deportivo rojo pasaba a su lado a toda velocidad y decidió ignorar la decepción que sintió porque él ni siquiera hubiera parado. Tampoco podía culparlo.

Lo único que tenía que hacer era apagar el motor unos minutos antes de volver a arrancarlo y regresar a la ciudad. El Sunbeam Alpine llevaba dándole problemas ya algunas semanas. Aquella no era la primera vez ni sería la última.

Apoyó el codo sobre la puerta, colocó la cabeza sobre la mano y cerró los ojos. Dejó que el sol aliviara la ansiedad que estaba comenzando a apoderarse de ella.

Nash observó cómo el Sunbeam perdía velocidad y se detenía en el arcén. Él pasó a toda velocidad a su lado.

No tenía tiempo para aquello. El coche arañado, la escenita del patio, el irracional deseo de detener el coche, quitarle las gafas a aquella mujer y comenzar a buscar en ella la conciencia que aseguraba que tenía.

Unos cientos de metros más adelante, detuvo el coche y dio la vuelta lentamente. Ella no había salido del coche. Estaba sentada en su interior.

Sin hacer nada al respecto.

Nash detuvo su coche y apagó el motor. Se colocó las gafas sobre el cabello y salió de su coche. Ella seguía sin moverse.

—¿Qué esperaba? ¿Que fueran a ayudarla?

Al acercarse a ella, notó que tenía la cabeza hacia atrás y, por primera vez, se dio cuenta de que tenía unas delicadas pecas sobre las mejillas. Resultaban muy infantiles en una mujer tan sofisticada. Le gustaban.

—¿Problemas con el coche?

Ella giró la cabeza lentamente para mirarlo.

—¿Y qué le parece a usted?

—Lo que creo es que necesitas unas cuantas clases sobre conducción y responsabilidad.

Una suave y sutil sonrisa frunció las comisuras de su boca.

—¿De verdad? ¿Y acaso va usted a dármelas?

Nash estuvo a punto de devolverle la sonrisa.

—¿Qué te parece si sales del coche?

Ella le dedicó una mirada especulativa y luego, muy lentamente, comenzó a quitarse el cinturón de seguridad. Sus movimientos eran lentos, deliberados. Abrió la puerta y sacó sus largas piernas. Entonces, volvió a cerrarla y se apoyó contra ella.

—¿Me vas a contar qué es lo que te ha pasado?

—Parece que el motor tiene un problema. Acelero, pero pierdo velocidad.

Él asintió y se dirigió al capó. Lorelei lo siguió y vio cómo lo abría sin problemas, algo que ella jamás había podido conseguir, y que se inclinaba para mirar el motor.

—Es el original —dijo con voz profunda y masculina.

—¿Es usted mecánico?

—Casi.

Lorelei lo observó. Vio la cola del elaborado tatuaje de dragón que le recorría el brazo izquierdo, asomando por debajo de la manga de la ceñida camiseta negra. Tenía los hombros anchos e imponentes y un torso fuerte y musculado. Muy masculino.

El cabello castaño era espeso y sedoso. Las puntas le acariciaban suavemente el ancho cuello. Se preguntó lo que sentiría al enredárselo entre los dedos. Se preguntó lo que él diría si ella se disculpaba, si le decía que no siempre se comportaba de aquella manera...

—Quien cuida de este coche se merece una medalla —dijo, sin mirarla para desesperación de Lorelei—. ¿Qué fue? ¿Un regalo? Yo diría que de un hombre que conoce bien los motores —añadió levantando la vista por fin.

Lorelei se aclaró la garganta.

—Me lo compré yo sola. En una subasta.

—Necesitas que un especialista le haga una serie de pruebas al motor. Está en un estado excelente, por lo que supongo que cuentas con un mecánico especialista.

—*Oui.* Lo llamaré.

—Todo lo demás parece estar en orden.

Con eso, él cerró el capó cuidadosamente. Trataba el coche con mucho respeto, lo que era más de lo que ella había hecho con el Bugatti.

–¿Qué ocurrirá con el Bugatti? –preguntó sin poder contenerse.

–Espero que su dueño tenga algunas preguntas para ti –dijo. Lorelei guardó silencio–. ¿Quieres que te siga?

–*Mais non*. Usted se ha detenido para ayudar –dijo–. Eso es más de lo que habría hecho la mayoría de la gente. *Merci beaucoup*.

Nash dudó. Jamás la había visto así antes. Tranquila. Y le sentaba muy bien. No era tan joven como él había dado por sentado. Tal vez unos treinta años. Tenía una madurez que se le había pasado por algo en la glamurosa mujer que había visto en su primer encuentro.

–Está bien. Cuida de este coche. Es una preciosidad.

Regresó a su coche y se montó. Observó cómo ella se montaba también en el deportivo azul zafiro y esperó a que arrancara. Ella se despidió de él con la mano y regresó lentamente a la carretera.

Nash regresó también al asfalto y se marchó.

Lorelei lo observó hasta que no lo pudo ver más en el retrovisor. Entonces, decidió no hacer caso a la extraña sensación que sintió en el pecho al pensar que ya no iba a volver a verlo. Dio la vuelta al coche y se marchó en la misma dirección que él. A la ciudad.

Capítulo 4

BUENOS días, Lorelei –le dijo la recepcionista con una sonrisa–. ¡Llegas muy temprano!

–No. Tengo una clase a mediodía, por lo que llego un poco tarde, *chère*. ¿Me podrías hacer un favor y llamar a la arena para decirles que ya voy de camino?

Mientras se dirigía a su taquilla, Lorelei terminó de escribir lo ocurrido aquella mañana en su teléfono móvil. *He estrellado un Bugatti y he conocido a un hombre...* Entonces dudó. La última parte de la frase implicaba que iba a volver a ver a aquel hombre. Mónaco era geográficamente hablando como un sello de correos, pero era el sello de correos más poblado sobre la Tierra por lo que resultaba bastante improbable.

Suspiró y apretó la tecla de Enviar en el móvil para que lo recibiera su mejor amiga. A continuación, metió el móvil en el bolso y lo dejó todo en la taquilla. Por aquel entonces, su vida amorosa era prácticamente inexistente. Empezar una relación en la situación en la que se encontraba significaba simplemente otra persona más a la que tendría que ocultarle la verdad.

Se desnudó, se puso un pantalón de montar y una camiseta blanca y se agachó para meterse las botas de montar. Cuando se puso la chaqueta y se vio en el espejo, se detuvo un instante para mirarse. Lorelei comprendía aquel mundo. Había reglas y normas que le resultaban satisfactorias. Era precisamente lo que siempre le había gustado sobre la monta a caballo y los espectáculos de saltos. Personalmente, había tenido tan pocas normas que el deporte le había proporcionado el marco que necesitaba. Lo más irónico de todo era que, en aquellos momentos, estaba cumpliendo la misma función.

Sonrió débilmente mientras se abotonaba la chaqueta. Entonces, tomó su carpeta y salió a la pista para esperar a su alumna.

Aquel mundo había sido su sueño hasta que una mala caída había puesto fin a sus ambiciones. En aquellos momentos, daba clases de monta. No ganaba mucho dinero con ello, pero al menos estaba ocupada. Después del accidente, ni siquiera había creído que pudiera volver a sentarse sobre una silla. Dos años de rehabilitación le habían enseñado paciencia y determinación, lo que utilizaba para su trabajo. Era una buena preparadora.

Esperaba que, al cabo de dos años, cuando se hubiera recuperado económicamente, esperaba crear sus propios establos en una finca a la que ya le había echado el ojo a las afueras de Niza. Por el momento, daba sus clases y tenía dos caballos en los Establos Allard, donde también trabajaba de voluntaria con niños discapacitados.

Centró su atención en un maravilloso caballos que entró en la pista, con una adolescente de largas piernas montada. Lorelei llevaba trabajando con ella un mes. Observó cómo jinete y caballo trotaban alrededor del perímetro y comenzó a tomar notas sobre lo que la jinete debía mejorar.

Estuvo tomando notas durante media hora y luego se acercó a Gina. Estuvo trabajando con alumna y caballo durante el resto de la clase y, al terminar, fue a hablar con la madre de Gina para hablarle de los progresos de la joven. Era importante, por lo que, aunque ya llegaba tarde para la cita que tenía en el Hotel de París, se tomó su tiempo. Eran casi la una y media cuando se montó en el Sunbeam. Arrancó el motor mientras miraba el móvil.

Jamás era una experiencia agradable. Tantos mensajes y tan pocas personas con las que realmente quisiera hablar. Había varios de su abogado y uno del agente inmobiliario a través del cuál iba a alquilar la villa. Tenía la vaga esperanza de que los ingresos pudieran ayudar al mantenimiento de la casa y de los jardines. Sin embargo, no quería pensar en eso en aquellos momentos. No estaba preparada.

Tal vez al día siguiente.

Marcó el teléfono de Simone, su mejor amiga, y se puso los cascos del manos libres para poder hablar y conducir al mismo tiempo.

—¿Has tenido un accidente de coche? *Mon Dieu*, Lorelei. ¿Te encuentras bien?

—No. No ha sido un accidente. Lo tomé prestado para una fiesta y cuando lo aparqué, lo dejé sin el freno de mano.

Se produjo una pausa antes de que Simone contestara con una risita.

—Sabes que te quiero mucho, Lorelei, pero jamás te dejaría conducir mi coche.

—Entonces, deberías hablar con el hombre con el que tuve que tratar, un australiano. Parecía pensar que yo era un puro desastre.

—Pobre *bébé!* Estoy segura de que al final le convenciste de lo contrario.

—Se enfadó un poco por lo del coche.

–Me lo imagino.

–No creo yo le cayera muy bien...

–Tú siempre les has caído bien a los hombres, Lorelei –repuso Simone–. Si no fuera así, no se te daría tan bien sacarles sus euros para esa organización benéfica tuya.

–Entonces, supongo que este fue la excepción. Era diferente... No sé, capaz. Masculino. Me miró el coche.

–¿Y?

–Creo que me gustó.

Simone quedó en silencio. Testimonio de la vida romántica de Lorelei.

–Lo sé. Debo de estar loca, ¿verdad?

–¿Tiene trabajo?

–¡Venga ya, Simone!

–Del último del que me hablaste no tenía ni dónde caerse muerto.

–Rupert era artista.

–¿Tú crees? Mira, sé que esto es un punto sensible para ti, pero te aseguro por toda mi vida que no entiendo por qué no sales con esos tíos a los que les sacas el dinero para la organización benéfica de tu abuela.

Lorelei se entristeció. Efectivamente, la naturaleza del trabajo que realizaba en la organización benéfica era que, a menudo, se veía en situaciones sociales con hombres muy poderosos, pero jamás salía con ellos. Ser la hija de uno de los gigolós más conocidos de la Riviera Francesa le hacía alejarse de los hombres que podían pagar sus facturas. Se inclinaba más bien hacia el otro tipo, los artistas sin dinero, a los que había que apoyar a menudo con... el dinero de Lorelei. Y ahí era donde se estropeaban las cosas.

Ya no tenía ese problema.

–Entonces, ¿no tienes ni nombre ni número de teléfono?

–Ni nada –comentó, riendo–. Ahora, mientras hablamos, voy de camino al Hotel de París.

–*Oh, la, la!* ¡Dime que vas a utilizar su maravilloso *spa!*

–Hoy no. Hoy voy a ser la nieta de Antoinette St James y voy a ser la imagen de la fundación.

–¿De la organización benéfica de tu abuela?

–*Oui.* Van a hacer un rally de coches para recaudar fondos para los niños con cáncer. Por eso, había tomado el Bugatti prestado para la fiesta de anoche. Un piloto de carreras tiene una pista privada aquí en Mónaco y va a hacer a dejar que se monten los niños.

–¿Qué conductor?

–No lo sé. Déjame ver –dijo Lorelei. Frenó en un paso de peatones y abrió la carpeta que había tomado del despacho de la fundación el día anterior–. Nash Blue. El nombre me resulta vagamente familiar.

La línea telefónica quedó en silencio.

–¿Simone?

–Sigo aquí. Simplemente estoy asimilándolo. Nash Blue... *Cherie,* ¿cómo puedes vivir en Mónaco y no saber nada del Gran Premio?

–Ya sabes que no me van mucho esos deportes, Simone.

–Pues espero que eso no se lo digas a él cuando lo conozcas. No has investigado nada sobre él, ¿verdad?

–No he tenido tiempo. Me lo dijeron ayer.

–Pero sabrás que Nash Blue es una leyenda del mundo de las carreras de coches, ¿verdad?

–¿En serio? –preguntó Lorelei sin interés alguno mientras dejaba la carpeta sobre el asiento del copiloto.

—Es una estrella del mundo del automovilismo. Ha pulverizado toda clase de récords. Se retiró hace unos años en la cima de su carrera y, escucha esto *cherie*, estaba ganando cerca de cincuenta millones al año. Y no estoy hablando de euros. Era uno de los deportistas mejor pagados del mundo. Dejó las carreras para diseñar coches y creo que todo el mundo está de acuerdo en que es una especie de genio. Sin embargo, dejemos eso a un lado por el momento. Es guapísimo, además. Te confieso que me siento algo nerviosa, Lorelei.

Inesperadamente, Lorelei se imaginó un par de intensos ojos azules y dejó que pudiera volver a revivir aquella mañana.

—Estoy segura de que haré algo que le moleste. Eso se me da genial, Simone.

—Raramente concede entrevistas. Las escasas ocasiones en las que lo ha hecho prácticamente ha contestado con monosílabos. Pero ponte *en garde, cherie*. Tiene una cierta reputación con las damas.

—Venga ya, Simone. Si no habla, ¿cómo va a poder hacer eso?

—No creo que para lo que hace tenga que hablar...

—Mira, Simone. Creo que yo estoy a salvo. Te olvidas que crecí viendo cómo Raymond llevaba a cabo su profesión. No tengo esperanzas.

—No todos los hombres son así.

—No, tú te casaste con uno que no lo es.

—Lo único que te digo es que Nash Blue fue así durante sus días como piloto de carreras y, dado su perfil, dudo que la situación haya cambiado.

—*Oui, oui*. Lo tendré en cuenta.

—Todas esas fiestas y todas esas personas famosas a las que conoces... Eres una chica con suerte, *cherie*.

—Supongo.

Estaba mintiendo a su mejor amiga.

Durante un instante, Lorelei quiso contarle a Simone sobre las llamadas sin contestar y los correos electrónicos sin abrir, pero no podía hacerlo. Se sentía tan avergonzada que había llegado hasta ese punto sin contarle nada.

La casa era un pozo sin fondo que no se podía permitir mantener y la organización benéfica era una responsabilidad que le quitaba tiempo de un trabajo con el que podía ganar dinero. Las minutas legales de su padre y los acreedores le habían arrebatado todo lo demás.

–Mantenme informada, *cherie*.

–*Absolutement. Je t'aime*.

Lorelei seguía pensando en la llamada cuando llegó a la Place du Casino y tuvo que empezar a pensar dónde iba a aparcar el coche. Llegaba tarde y pensar en lo que le esperaba en casa la estaba distrayendo. Sin embargo, el sol lucía en el cielo y se animó un poco. Se dijo que se merecía un poco de suerte. Decidió que al día siguiente se ocuparía de esos correos.

Se quedó perpleja al ver un Veyron rojo aparcado frente a la entrada del hotel y detuvo el coche en seco. El corazón le latía a toda velocidad. A su espalda, los demás conductores comenzaron a apretar con fuerza el claxon. Lorelei sacó el brazo para indicarles que pasaran por delante de ella. Entonces, trató de buscar un hueco en el que aparcar. Lo encontró y aparcó. Perfecto. Lo único que necesitaba en aquellos momentos era entregar la carpeta, sonreír al piloto de carreras y luego ir a reunirse con su desconocido para disculparse, ofrecerse a invitarle a una copa o dos y esperar que sus armas de mujer surtieran efecto.

Se retocó el lápiz de labios, retiró el pañuelo azul

que se ponía para protegerse el cabello del viento y bajó del coche.

En aquella ocasión, escuchó otro claxon, pero para mostrarle la admiración del conductor. Cruzó la Place du Casino y se dirigió al lujoso hotel. Así estaba mejor.

El día estaba mejorando.

Llegaba tarde.

Nash no le dio importancia. La publicista esperaría. Cullinan esperaría. Era una de las consecuencias positivas de la fama. Otro beneficio era poder ayudar cuando podía para una causa que lo mereciera y una organización benéfica para el cáncer infantil lo era.

Por eso se había montado en el ascensor para bajar desde el piso superior, tras dejar unas negociaciones sin terminar, y dirigirse a Le Bar Américain.

Examinó el cálido ambiente del bar. John Cullinan estaba en un taburete.

—No se ha presentado —le dijo Cullinan cuando llegó a su lado.

Nash se encogió de hombros. No era nada importante. Se trataba tan solo de una formalidad.

—Llamaré a la fundación...

—Limítate a enviar los detalles a los encargados de la pista y dime la hora. Les daremos a esos niños algo por lo que sonreír.

Estaba a punto de marcharse cuando la vio. Estaba hablando con el maître. Tenía la cabeza ligeramente inclinada, lo que dejaba al descubierto la encantadora longitud de su cuello, dándole un aspecto increíblemente seductor a los delicados hombros.

No podía apartar la mirada.

¿Iba ella a reunirse con alguien allí? Por alguna razón, los músculos se le tensaron por todo el cuerpo y miró a su alrededor para buscar al tipo en cuestión. Nadie se había acercado a ella, aunque ella atraía la atención de todos los presentes, por lo que Nash comprendió que estaba sola.

Por primera vez desde que dejó el automovilismo profesional, experimentó la tensión de la competición que lo había atenazado antes de las carreras.

Ella miró a su alrededor y, de repente, se encontró con los ojos de Nash. No parecía contenta de verlo.

La irritación se apoderó de él. Se le ocurrieron una docena de razones por las que debería marcharse de allí y olvidarse de ella. Sin embargo, al ver que se dirigía hacia él y que todos los hombres del bar se volvían para mirarla, supo que no iba a irse a ninguna parte.

Lorelei no pudo apartar la mirada.

Él estaba junto al bar, vestido con una elegante camisa blanca y pantalones oscuros. Tenía los hombros muy anchos e irradiaba seguridad en sí mismo, dinero y poder.

Lorelei se quitó las gafas de sol y permaneció inmóvil, tratando de comprender. Sin embargo, cuando se dirigió al maître y le dio el nombre supo cuál iba a ser la respuesta.

Un escalofrío le recorrió la espalda. Era ciertamente el más poderoso de todos los hombres que había allí y también el más atractivo.

Se tensó cuando él la miró. Durante un instante, pareció tan perplejo como ella. Entonces, frunció el ceño.

Lorelei se irguió. Estaba decidida a que nada en su actitud revelara lo que sentía. Se dirigió hacia él.

Los hombres la estaban mirando. Los hombres siempre la miraban. Era alta, rubia y, para algunos hombres, era un trofeo. Lo que no sabían era que no estaba disponible.

–Supongo que es usted el señor Blue –le dijo ofreciéndole la mano con gesto serio.

Él tampoco sonrió. Aceptó la mano que se le ofrecía con cortesía.

Lorelei decidió que debía relajarse. Debía olvidarse de lo ocurrido aquella mañana. Estaba... bueno... estaba trabajando. Estaba segura de que aquel encuentro podía ser cortés y...

Él le estrechó con fuerza la mano. Era firme y cálida. Deliciosa. ¿Se la estaba estrechando un poco más de lo que era necesario? Lorelei sintió que se ruborizaba. Cuando él le soltó la mano, deslizó ligeramente el pulgar y le tocó suavemente la palma de la mano.

Una ligera sorpresa iluminó aquellos ojos azules. Lorelei apartó la mano. Se sentía indefensa, expuesta.

Otro hombre dio un paso al frente.

–Usted tratará conmigo, señorita... St James –dijo mientras leía el nombre de una hoja impresa en la que Lorelei vio claramente el logotipo de la Fundación Aviaria.

Lorelei quiso dar un paso atrás, pero se mantuvo firme. Debía ser la mujer fría y distante que había sido durante el juicio de su padre en París. A menos a ojos del público, aunque, después, por las noches, se las pasaba llorando.

–Lorelei St James –dijo fríamente mientras sacaba el autocontrol que había perfeccionado durante aquel horrible periodo–. A ver si lo adivino. Usted debe de ser el señor Cullinan.

Inmediatamente, la profunda voz de Nash hizo apartarse a su asistente.

–¿Tienes los papeles?

Tras un instante de descontrol, Lorelei recuperó la compostura y abrió el bolso para sacar la carpeta. Nash se la entregó, sin mirarla, a Cullinan.

–Puedes irte, John. Yo me ocuparé de esto.

Lorelei trató de no parecer sorprendida.

–¿No quiere hablar del tema? –le preguntó ella mientras señalaba la carpeta que se llevaba Cullinan. El presidente de la fundación había sido muy claro. Lorelei tenía que repasar el horario con el equipo de dirección de Blue.

–No.

Directo. Al grano.

Se habían quedado solos, por lo que ella se sintió aún más indefensa. ¿Pensaría él que ella había tenido algo que ver con aquello y que, en la casa, había sabido exactamente con quién estaba tratando?

Decidió ir ella también directamente al grano.

–Señor Blue, ¿había alguna razón en particular por la que no se presentó usted esta mañana?

–En esa ocasión, el nombre no me pareció relevante. Llámame Nash.

Como pensaba que no iba a volver a verle, Lorelei recordó lo descarada que había sido con él.

–Dime, señorita St James, ¿has almorzado ya?

–¿Se está ofreciendo a invitarme, señor Blue?

–Eso parece.

Sin esperar a que ella respondiera deslizó la mano alrededor del codo de Lorelei y comenzó a sacarla del bar.

—¿Le puedo preguntar adónde vamos?

—¿Por qué estropear la sorpresa? —susurró él.

Se notaba que él era un hombre de los que siempre tomaban la iniciativa, pero a Lorelei aquello le daba un poco de miedo. Se dijo que no debía ser tonta. Después de todo, no creía que él fuera a hacerle ningún daño.

Lo miró. Vio que él no sonreía. Se dio cuenta de que el resto de las personas que había en el bar los estaban mirando. Por supuesto. Él era una estrella del automovilismo, tal y como le había dicho Simone. Estaba con un famoso. Suponía que él estaba acostumbrado a que lo miraran. Por primera vez en su vida, se dio cuenta de que ella no era el centro de atención, sino el hombre con el que estaba.

Él la condujo al restaurante Jardín. Lorelei sabía que era imposible conseguir mesa sin reservar. Ella lo había intentado en algunas ocasiones sin éxito, pero Nash no tuvo que pedirlo dos veces. Se sentaron en la mejor mesa de la terraza, con el Mediterráneo como fondo. El camarero les dio el menú y esperó mientras Nash escogía la bebida que iban a tomar con el almuerzo.

Entonces, cuando hubo terminado, Lorelei miró los profundos ojos azules de su acompañante. El tiempo pareció detenerse. Nash Blue la estaba mirando como si ella se mereciera todo aquello. Una oleada de satisfacción femenina se apoderó de su ser mientras que su ego le recordaba que ella se merecía la atención de cualquier hombre.

Sintió un extraño hormigueo por todo el cuerpo, de un modo que no había sentido en mucho tiempo. Entonces, recordó lo que Simone le había dicho sobre él y pisó el freno. Levantó el menú.

–¿Había planeado usted almorzar con la representante de la organización benéfica, señor Blue? –le preguntó con voz firme y segura.

–Te he dicho que me llames Nash y no, Lori. No lo había planeado.

–Me llamo Lorelei –dijo sin levantar los ojos del menú–. Y no quisiera quitarle tiempo de su importante día.

Entonces, le pareció ver que él se metía la mano en el bolsillo de la chaqueta.

–Perdona un momento.

Ella bajó el menú y vio que Nash estaba llamando por teléfono.

–Luc, no voy a regresar –dijo–. Haz que envíen los contratos directamente a mi despacho. Me ocuparé de ellos mañana.

Lorelei dejó el menú sobre la mesa mientras él se guardaba el móvil.

–Supongo que yo soy la causa de eso –dijo ella.

En aquel momento, llegó el champán que él había pedido. Nash le sirvió una copa a Lorelei, llenó también la suya y la levantó para brindar.

No sonreía. Sin embargo, el modo en el que la miró consiguió maniatar e inmovilizar la parte de ella que ansiaba salir huyendo de allí. En aquel instante, Lorelei dejó de resistirse.

La voz de Nash era profunda, como si proviniera de un lugar que normalmente no dejaba al descubierto.

–Considérame tuyo toda la tarde.

Capítulo 5

CON el Bugatti olvidado hacía ya mucho tiempo, a Nash le resultaba difícil asociar la imagen de la mujer que había conocido aquella mañana con la de la que estaba sentada frente a él. De hecho estaba empezando a considerar lo que, hacía tan solo un par de horas, le habría resultado imposible.

Lorelei suponía una enorme distracción para él, pero sacaría tiempo.

Mientras la conducía a la mesa que les habían preparado, había admirado por segunda vez aquel día la maravillosa espalda, la curva que esta hacía antes de dar paso a las caderas y el sutil movimiento de estas cuando ella caminaba sobre aquellos tacones de vértigo. Poseía un estilo, una elegancia y un cierto aire atlético que no parecía encajar con el estilo de vida que ella parecía llevar.

Lorelei St James lo intrigaba.

No había podido sacársela de la cabeza desde que la dejó en la autopista. En el pasado, si había querido algo había ido tras ello, pero en aquella ocasión lo que deseaba había aparecido en el peor de los momentos.

Dentro de una semana, su reaparición en el mundo del automovilismo iba a suponer una tormenta en los medios. Todo lo que él hiciera iba a ser mirado con lupa, por lo que no le convenía en absoluto una rubia llamativa y amante del dramatismo como ella. Quería mantener un perfil bajo y esperar a que perdieran el interés por él y por su vida privada.

Cualquier mujer con la que lo vieran en aquellos momentos debía tener un perfil bajo y, preferiblemente, desconocida para los medios de comunicación.

La mujer que estaba sentada frente a él era exactamente lo que un equipo de relaciones públicas le aconsejaría. Elegante, con clase y poco conocida. Por supuesto, no tenía interés alguno en implicar a nadie más en su decisión. Aquello quedaba entre él, su libido y la encantadora señorita St James. En realidad, no tenía intención de permitir que ella opinara al respecto. Según le había enseñado su experiencia, era mejor actuar que preguntar.

Le miró los hombros al descubierto. Había algo en la delicadeza de su garganta y de sus hombros que lo empujaba a imaginársela desnuda entre las sábanas.

–¿Todo mío? –repitió ella–. Deberías tener cuidado con lo que prometes, Nash.

Era la primera vez que utilizaba su nombre y sonaba muy atractivo por su acento francés. El cuerpo de Nash se tensó.

Sin embargo, los ojos color ámbar eran muy directos.

–¿Estás planeando que el almuerzo sea largo? –le preguntó ella dulcemente.

–¿Acaso no es ese un requerimiento de tu trabajo?

–*Pardon*?

–Relaciones públicas.

Ella pareció genuinamente sorprendida.

–*Mais non*, lo mío no son las relaciones públicas.

–Entonces –susurró él mientras se inclinaba sobre el asiento–, ¿cómo lo llamas tú?

–Un favor.

Nash la miró muy sorprendido.

–Yo formo parte de la junta directiva de la Fundación Aviaria. La persona que se encarga habitualmente de la publicidad se ha roto el tobillo y a mí se me pidió que ocupara su lugar.

Todo encajaba, pero Nash se sintió desilusionado. La idea de que ella trabajara, de que tuviera una profesión había ido en cierto modo en contra de su glamorosa imagen.

–Es una organización benéfica muy importante. ¿Cómo es que estás en la junta directiva?

–Mi *grandmaman* creó la fundación hace algunos años. Yo ocupo su lugar en la junta.

En otras palabras, provenía de una familia de dinero. No había levantado un dedo para ganarse ese lugar. Miró las manos de Lorelei y buscó un anillo. Al observarlas, no se podía creer lo que vio. Tenía las uñas sin la manicura hecha. Sin embargo, un lugar en la junta directiva... Simplemente había ocupado el lugar que se le había reservado. A pesar de las uñas sin manicura, tal vez no había nada más allá de su belleza y su sensual acento.

–¿Haces muchas obras benéficas?

–Todas las que puedo. Si una persona está en disposición de hacerlo, creo que no tiene excusa para mantenerse de brazos cruzados.

–Estoy de acuerdo.

–Sobre lo de esta mañana...

–Creía que eso ya lo habíamos olvidado.

Lorelei tomó su champán y bebió un sorbo. Estaba agradecida por no tener que disculparse o explicarse porque, en realidad, ¿cómo se podía explicar?

Vio que él la estaba observando, como si estuviera calibrando las opciones que tenía con ella. Decidió que había llegado el momento de que ella tomara la iniciativa.

–Te estuve investigando un poco –mintió. Él pareció inmutable–. Tienes una cierta reputación. Eres muy competitivo.

–Efectivamente, no me gusta perder.

–Debe de ser muy difícil vivir contigo.

–No lo sé –replicó él con una sonrisa–. No tengo que vivir conmigo mismo.

–Supongo que será una pregunta que hacerle a tu novia... o esposa.

–No hay ninguna mujer en mi vida.

–¿No me digas? He oído que, en ese departamento, andas muy ocupado.

–¿Y salió todo eso en las indagaciones que realizaste?

Lorelei deslizó el pulgar por el tallo de la copa. Se dio cuenta de que él le estaba observando la mano y que ese gesto podría interpretarse como bastante provocativo. Tomó la copa con la intención de beber y luego la volvió a dejar sobre la mesa.

Ya había bebido bastante la noche anterior.

–¿Y tú? ¿Resulta fácil vivir contigo?

–¿Yo? Soy una gatita.

–¿Según tu marido?

–No tengo marido –replicó ella mirándolo a los ojos. Entonces, vio satisfacción en su mirada.

Ella no se relacionaba con hombres como Nash y, sin embargo, allí estaba, metiéndose de lleno.

Fuera lo que fuera lo que él dijera, lo más probable era que estuviera viendo a alguien. Tal vez no aquel día, pero seguramente sí el día anterior y probablemente al día siguiente. Las mujeres seguramente estaban guardando cola.

En sus días de gloria, su padre había estado con dos o tres mujeres a la vez. Una para pagar las facturas, otra en reserva y otra más con la que en realidad disfrutaba acostándose.

Frunció el ceño. No le gustaba pensar en esa faceta de Raymond. Prefería pensar en la faceta que él se esforzaba para que Lorelei viera: un hombre encantador, generoso con el dinero y con el afecto, en especial con su adorada hija.

Raymond jamás se quejaba. Las llamadas que hacía desde la cárcel en la que estaba cumpliendo en aquellos momentos los últimos meses de una condena de dos años siempre estaban llenas de bromas y alegría. Ella lo adoraba por eso, pero deseaba en ocasiones que él le hablara alguna vez más en serio.

Ella nunca había podido conseguirlo. Raymond no quería oír nada sobre las dificultades de la vida y, dadas las circunstancias en las que él se encontraba, Lorelei se sentía culpable por sacar el tema de la casa.

–Lorelei...

–*Oui*?

Nash estaba observándola con una intensidad que no había estado presente antes, como si él supiera que algo había cambiado.

–Lo siento, ¿qué decías?

–Nada de importancia.

Nash siguió observándola, con una sonrisa que decía mucho más que las palabras. En ese momento, Lorelei supo que estaba metida en un lío.

Por supuesto, sabía cómo deshacerse de un hombre, como dejarle claro que, a pesar de estar sentado frente a él, de compartir un almuerzo con él, ella no formaba parte de la oferta. Sin embargo, en aquel momento se sentía como si ella fuera todo lo que él podía desear.

–Tenemos mucho en común –dijo Nash, por fin.

–¿Y cómo has llegado a esa conclusión?

–Me gusta competir. Y tú eres un trofeo a tener en cuenta.

–¿Cómo dices?

–Eres inteligente, sexy y, desde que llevo aquí sentado contigo, no me he sentido aburrido. Como te he dicho, eres un trofeo a tener en cuenta.

Lorelei sabía que era así como muchos hombres veían a una mujer atractiva. Simplemente acababa de encontrarse cara a cara con un hombre que tenía el valor de decírselo a la cara.

–Nash, un trofeo es un objeto inanimado que se deja en una estantería.

–Un trofeo puede ser cualquier cosa que uno quiera ganar –replicó él–. Te aseguro que yo no compito por algo, a menos que esté seguro de que lo voy a ganar.

Durante un instante, ella pensó en preguntarle cómo de seguro estaba de ella, pero en lo más profundo de su ser temía la respuesta.

La otra Lorelei, la que era capaz de mantener a raya a los hombres con tan solo una mirada, se habría levantado y le habría arrojado a la cara el contenido de su copa. Aquella Lorelei, la que se estaba aferrando a la copa como si fuera un salvavidas, no pudo evitar preguntar:

–¿Es un problema para ti que las mujeres te aburran?

–En ocasiones –repuso él mientras se reclinaba sobre su silla y tomaba su copa. Entonces sonrió–. La mayor parte del tiempo.

Lorelei no pudo evitar devolverle la sonrisa.

–Tal vez sea mejor preguntar si crees que tú me aburrirás a mí –le dijo ella dulcemente.

–¿Cómo voy por el momento?

Lorelei se lo pensó lo suficiente como para poder dar otro trago a su bebida.

–Bueno, creo que tienes las de ganar.

Nash sopesó dos opciones: cenar y bailar allí en Mónaco o marcharse a París con Lorelei. Se inclinaba más por la última porque deseaba impresionar a aquella mujer. Era hermosa, pero resultaba evidente que era también muy inteligente. No había exagerado cuando le dijo que no había dejado de pensar en ella. ¿Y si no se hubiera vuelto a encontrar con ella aquella tarde? Nash estaba seguro de que la habría buscado, aunque solo hubiera sido por la innegable atracción física que había experimentado. Sin embargo, hasta aquel momento no la había visto así, elegante, contenida... ingeniosa. Aquella mañana ya había notado algo especial en ella.

No obstante, la mujer que en realidad era resultaba toda una revelación. La química que había entre ellos era como cuando se aplica una llama a un trapo empapado de gasolina. Si al final ella demostraba ser poco más que una niña rica y mimada, sería una desilusión, pero no le impediría acostarse con ella.

–¿Señorita St James?

Lorelei levantó la mirada. Era uno de los camareros. El muchacho miró a Nash muy nervioso.

–Pensé que debería saber que la grúa se está llevando su coche.

–*Pardon*?

–Su hermoso coche, señorita St James. Se lo está llevando la policía.

Durante un instante, Lorelei no supo qué hacer. No se podía creer que la grúa se estuviera llevando su coche ni por qué... Tenía pagados el seguro y el impuesto de circulación...

Miró a Nash.

–Lo siento mucho. Tengo que ocuparme de esto.

Se puso de pie y recogió su bolso. Nash se puso también de pie. Tenía el ceño fruncido.

Lorelei quería volver a verlo, pero, en ese momento, comprendió que no saldría bien. Durante un instante, se había olvidado de lo mal que le iban las cosas. Si sus circunstancias fueran diferentes... No era así y parecían estar empeorando día a día.

No se paró a pensar en el precio que tendría que pagar por lo que iba a hacer. Simplemente, sabía que se arrepentiría si no lo hacía. Se acercó a él, le colocó suavemente la mano en la mejilla y se aproximó para besarlo. Aspiró su masculino aroma, sintió el calor que irradiaba de él y la sorprendente suavidad de su boca. Un segundo después, la mano de Nash le cubrió posesivamente la parte posterior de la cabeza. Ella lo saboreó plenamente mientras se besaban y él le demostraba exactamente lo apabullante que podía ser su habilidad en el terreno de la sensualidad.

A pesar de todo, Lorelei se apartó de él y se dio la vuelta. Se había dejado seducir por la masculinidad y la fuerza de un hombre con el que, a la larga, no podría conseguir nada. Mientras ella estaba allí con él, sus problemas no desaparecían, sino que se acrecentaban y esperaban que regresara para que se enfrentara de nuevo al caos que había en su vida.

Atravesó el restaurante tan rápido como se lo permitieron sus tacones. Tenía que salvar su coche. No iba a permitir que nadie le arrebatara la única cosa en el mundo que poseía.

Ya en el exterior, estaba a punto de cruzar la carretera cuando sintió una pesada mano sobre el hombro. Se dio la vuelta y lo miró. Tenía los ojos llenos de ansiedad.

–Suéltame. Tengo que llegar a mi coche.

Nash la sujetó con ambas manos.

–Quiero que esperes aquí. ¿Me estás escuchando, Lorelei? Deja que me ocupe yo.

Ella se quedó perpleja. ¿Nash iba a ayudarla? Escuchó un sonido metálico sobre el asfalto de la carretera y vio que la grúa había llegado y se había colocado delante de su coche. Ya no pudo contenerse.

Automáticamente, se lanzó a la carretera. Nash trató de sujetarla. Con incredulidad, contempló cómo ella llegaba al otro lado de la carretera sana y salva. Entre los estridentes rugidos de los cláxones se escuchaba claramente su voz hablando en francés.

–¡Deje mi coche! –gritaba–. ¿Qué se cree que está haciendo?

No ocurría frecuentemente que Nash se quedara sin palabras. Contempló atónito cómo la elegante y sofisticada mujer por la que él había dejado a un lado su trabajo desaparecía y, en su lugar, vio surgir una mujer salvaje que evidentemente había perdido el control.

Cruzó la calle sin dejar de observar cómo Lorelei se enfrentaba al técnico de la grúa. A pesar de los gritos y los aspavientos que ella hacía con las manos, el técnico la ignoraba. Vio también como un pequeño grupo de personas comenzaba a reunirse a su alrededor. Entonces, vio cómo Lorelei se... No se lo podía creer. Lorelei se quitó los zapatos. ¿Qué diablos estaba haciendo?

Le lanzó primero uno y luego otro al técnico de la grúa. Con el primero no consiguió darle, pero con el segundo le dio justamente en la entrepierna.

El hombre lanzó una exclamación de dolor y se abalanzó sobre ella. Al ver aquello, Nash dejó de sentirse divertido para pasar al modo de defensa. Se dirigió directamente hacia el hombre, lo agarró por el cuello y lo lanzó contra la grúa.

–¿Quieres a alguien con quien pelearte, tío? –le espetó en tono amenazante–. Prueba conmigo.

El hombre se quedó completamente inmóvil y se puso muy rojo. Entonces, Nash se dio cuenta de que lo estaba asfixiando y le soltó. En ese momento, Lorelei tomó la iniciativa y comenzó a apuntar al hombre con el dedo con mucha agresividad.

–¡Escúchale a él y escúchame a mí! Quiero mi coche. ¡Y pronto!

–¡Méteme la mano en el bolsillo! –le gruñó Nash.

–*Quoi?*

–Las llaves –le dijo. Lorelei hizo lo que le pedía–. Vete a mi coche.

–Pero...

–Hazlo. Ahora mismo.

Ella dio un paso atrás y comenzó a caminar. Entonces, vio el Veyron rojo. Solo podía ver uno de sus zapatos. El otro parecía haber desaparecido debajo de la grúa. Poco a poco, empezó a pensar de nuevo con claridad. ¿Qué diablos había hecho?

Todo el mundo estaba parado encima de la acera, observándolos.

«Que miren», pensó con tristeza. Entonces, observó con anhelo su coche y luego a Nash, que en aquellos momentos había soltado al hombre y estaba hablando por teléfono.

Seguramente estaba llamando a un hospital psiquiátrico. Después, le presentaría sus excusas y se marcharía de su vida para siempre. Lorelei había hecho el ridículo.

Se metió en el coche y se obligó a mirar hacia delante. Era lo único que podía hacer después de comportarse como una lunática.

Nadie comprendería su reacción, pero aquel coche, su coche, era lo único que tenía bajo su nombre. Era lo único que no había vendido para pagar a los acreedores. Era un monstruo que se tragaba la gasolina, pero cuando lo conducía, se sentía invencible, importante. Como una reina en su castillo.

Vio que Nash cruzaba la carretera. Parecía tranquilo y controlado. Abrió la puerta del coche y se sentó tras el volante.

Lorelei comenzó a buscar su teléfono.

—No tienes que hacer ninguna llamada.

—*Au contraire.* Necesito encontrar mi coche. Me lo van a llevar al depósito y la última vez tardé más de una semana en recuperarlo.

—¿La última vez?

—Bueno, admito que ha ocurrido antes... Es un coche muy grande. Me resulta difícil encontrar aparcamiento.

—Has aparcado en una zona de carga y descarga.

—Sí, puede ser. A la hora de aparcar, me vuelvo un poco miope. Me ocurre a veces.

—Sí, en tu caso, supongo que ocurre con bastante frecuencia.

Lorelei no respondió. ¿Qué podía decir? ¿Que era un desastre sobre unos tacones? Ah... sus Louboutins. No podía ser...

Miró a Nash de reojo.

–¿Crees que podríamos dar la vuelta para ir a recoger mis zapatos?

Nash se rebulló en el asiento. No parecía muy dispuesto.

–Son muy caros...

Sin decir palabra, Nash hizo un cambio de sentido rápidamente y frenó en seco.

–No te muevas.

Con eso, abrió la puerta y se marchó. Al cabo de unos segundos, regresó con los zapatos en la mano y los dejó caer sobre el regazo de Lorelei. Ni siquiera la miró. Se limitó a arrancar el coche y alejarse de aquel lugar.

–Recuperarás el coche por la mañana –le dijo de repente–. No lo van a llevar al depósito. Y un mecánico va a echarle un vistazo a ese motor tuyo. Te lo llevarán mañana.

Lorelei se puso los zapatos sin saber qué decir.

–*Merci* –susurró por fin. No recordaba siquiera la última vez que alguien había hecho algo por ella.

¿Qué significaba? Aquello iba más allá de un simple flirteo. Había hecho algo muy importante por ella, pero Lorelei no podía disfrutarlo porque sabía que, con ello, había estropeado lo que podría haber habido en el futuro.

Como si presintiera su incomodidad, Nash la miró momentáneamente.

–Te llevaré a casa.

Ella se encogió de hombros.

–*Comme vous le souhaitez...*

Capítulo 6

LE HABÍA preguntado si sería tan amable de ir a buscarle sus zapatos.

Cuando el tráfico se detuvo en un paso de cebra, Nash saltó e hizo lo que se esperaría de un hombre en sus circunstancias, dada la serie de acontecimientos que habían ocurrido, la adrenalina que recorría su cuerpo y la proximidad de aquella criatura salvaje con la que, sin saber cómo, se había visto relacionado.

Se inclinó sobre ella, le deslizó un brazo por detrás de la cabeza de Lorelei y enredó los dedos en su sedoso cabello. Entonces, captó el aroma de su piel, tan delicioso y al que tan fácilmente podía acostumbrarse, hizo que ella inclinara la cabeza y atrapó la tierna boca con la suya.

El suave sabor del champán aún se le notaba en los labios. La cálida dulzura de su aliento se le escapó cuando suspiró y dejó escapar un pequeño gemido antes de devolverle el beso y hacer que él deseara más. El tacto de ella y su respuesta despertaron en él una necesidad primitiva, un ansia por adueñarse de lo que le pertenecía, lo que era suyo. Marcarla de algún modo. Tan solo hacía unas pocas horas que la conocía y, sin embargo, le parecía que llevaba mucho más tiempo esperando para besarla.

Profundizó el beso, invadió su boca, saboreándola, recorriendo todos sus rincones. Se dijo que era química sexual, que se quemaría rápidamente. Sin embargo, en aquellos momentos la deseaba tanto que no podía cansarse de ella. Sí, había ido a buscarle los zapatos. Podría llevarlos puestos mientras que él...

El sonido de un claxon hizo que Lorelei se sobresaltara. Nash la soltó. Durante un segundo, se vio atrapado en sus hermosos ojos y sintió que entre sus brazos tenía algo salvaje y real.

¿Quién era aquella mujer?

–Esto no es buena idea –dijo.

–*Non?*

El hecho de que él pareciera no estar de acuerdo le sorprendió. Casi le hizo sonreír.

No se podía creer lo que estaba pensando. Necesitaba saber dónde quería ir ella y luego olvidarse de todo. Tenía suerte de que nadie hubiera estado filmando el incidente de la grúa, aunque tampoco podía estar del todo seguro dada la cantidad de gente que se había reunido.

Ella estaba mesándose el cabello con las manos, frotándose el lugar donde él le había colocado la mano.

Nash decidió que debía de estar loco. Sin embargo, la acompañaría a su casa.

Lorelei pareció darse cuenta de lo que estaba haciendo y se apartó las manos del cabello para colocárselas sobre el regazo. El gesto le hizo sonreír. Sí, la llevaría a casa.

Durante un momento, lo único que Lorelei había sido capaz de hacer era quedarse completamente inmóvil, sintiendo los hábiles labios de Nash sobre los suyos. Sin embargo, ella no había sido nunca una mujer pasiva y, tras lanzar un pequeño gemido, había comenzado a devolverle el beso.

Aparentemente, las mujeres que causaban escenas en medio de la calle no asustaban a los hombres. Bueno, al menos no a aquel. Lorelei decidió que no había muchas cosas que lo asustaran. Ciertamente, la confianza y la seguridad en sí mismo no parecían ser un problema para Nash.

Ni siquiera le había preguntado. Simplemente había poseído.

Sabía besar muy bien. Y aquellos dedos... el modo en el que le habían tocado la cabeza, acariciándole tan placenteramente el cabello... ¿Qué sensaciones podría hacerle experimentar en su cuerpo?

–Esto no es una buena idea –le había dicho él, con una agradable y masculina voz.

–*Non?* –había respondido ella.

Entonces, él le había sonreído. Su carisma era increíble. Sus ojos azules la habían hipnotizado prácticamente, pero el sonido de un claxon los habían sacado del hechizo en el que se encontraban.

–Creo que podemos irnos.

Nash se retiró hacia su lado del coche, como si tuviera todo el tiempo del mundo y siguieron con su camino. Él conducía el coche con la misma habilidad con la que le había acariciado el cabello, gesto que le había provocado unas increíbles sensaciones por todo el cuerpo.

Lorelei se enredó los dedos en el cabello y, entonces, se dio cuenta de que estaba tratando de recrear las sensaciones que él había provocado. Inmediatamente, apartó las manos y se las colocó sobre el regazo.

De repente, se dio cuenta de que se sentía tranquila y relajada. El estado de ansiedad en el que había estado sumida todo el día había desaparecido. *Mon Dieu...* Aquel hombre había obrado un milagro en ella. ¿Qué sería si...?

Nash le dedicó una devastadora sonrisa, como si supiera exactamente cómo sería.

El patio estaba completamente bañado por el sol cuando el Veyron se detuvo en él.

Nash apagó el motor y, sin decirle una palabra a Lorelei, salió del coche y se dirigió hacia el lado del copiloto para abrirle la puerta a ella.

Lorelei trató de pensar con rapidez. Le preocupaba mucho invitarlo a pasar. La mayoría de las salas de la casa carecían de muebles. El aire de desamparo y abandono que reinaba en la mansión era mucho peor en el interior. La noche anterior no le había importado tener gente en su casa, porque con las luces encendidas, los invitados y el champán no tenía tan mal aspecto. Sin embargo, vacías tenían un aspecto desolador. Después de todos los desastres de aquella mañana, quería que Nash tuviera buena opinión sobre ella.

No obstante, Nash no estaba prestando atención alguna a la casa. La estaba mirando a ella

Lorelei no se había dado cuenta de lo corpulento que era hasta aquel instante. Lo había intuido aquella mañana, pero con sus altos zapatos de tacón la diferencia de altura no había sido tan notable. En aquellos momentos, con los zapatos en una mano y el bolso en la otra, pudo admirar sus anchos hombros, la fuerza de sus brazos y lo fácilmente que él podría dominarla.

Aquel pensamiento la sobresaltó. En realidad, no había pensado que él pudiera ser una amenaza para su seguridad. Al contrario.

Él cerró la puerta del coche.

–¿Vamos dentro?

–*Ah, oui.* Por supuesto –dijo ella mientras echaba a andar.

En la puerta principal, él extendió la mano.

–¿La llave?

–Está abierto –respondió ella, sorprendida por aquella actitud tan chapada a la antigua. Entonces, empujó la pesada puerta principal.

–¿Hay alguien más en casa?

–No. Vivo sola.

Nash la miró fijamente a los ojos.

–Pues no deberías vivir sola.

–Tal vez por eso organizo tantas fiestas.

Él no sonrió tal y como ella había esperado. Tampoco la besó. Se limitó a andar por la casa. Sus pesados pasos resonaban sobre el suelo de piedra. La sensación de vacío de la casa los rodeó. Lorelei se echó a temblar. Como si se hubiera dado cuenta, se colocó detrás de ella, lo que le proporcionó una sensación de seguridad y de solidez que le gustaba mucho.

Lo llevó a través de la cocina, que era una de las pocas habitaciones que seguía amueblada. Desgraciadamente, como su dormitorio, estaba muy desordenada. Los del catering se habían llevado la mayor parte del desorden, pero aún quedaban botellas vacías, platos y muebles desordenados.

–Anoche celebré una fiesta –explicó.

–Supongo que eso es lo habitual para ti.

Así era. Era habitual por su papel en la fundación.

–En absoluto –replicó–. Me gusta bastante estar en casa.

Nash la miró con escepticismo.

–Sí, claro. Las fiestas vienen a ti.

Entonces, comenzó a mirar a su alrededor y se acercó al mostrador. Lorelei observó atentamente su atlética espalda.

–¿Cafetera?

–Vaya, vaya... Eres muy casero.

Nash se encogió de hombros. Tenía servicio en todas sus casas, por lo que no necesitaba acercarse para nada a la cocina. Sin embargo, de niño, con un padre borracho y un hermano mayor que se ocupaba de cuidarlo, había aprendido desde muy temprana edad a lavarse sus propios platos, a fregar el suelo y a prepararse la comida.

Y, por supuesto, ir solo al colegio.

Miró a su alrededor. Lorelei tenía una cocina enorme, pero dudaba que ella pasara mucho tiempo allí. No había ni un gramo de domesticidad en aquel encantador cuerpo.

Ella comenzó a abrir los armarios para sacar café. Entonces, encendió el hervidor de agua y la cafetera.

–¿Tazas? –preguntó él.

Lorelei le indicó uno de los armarios.

–Tienes mucha práctica en esto –dijo ella.

–Sé cómo hacer una taza de café.

–Tu *maman* te educó muy bien.

–Mi madre me abandonó cuando tenía nueve años.

Nash se quedó atónito. ¿Por qué había tenido que decirle aquello?

–Padres –comentó Lorelei –. No hacen más que fastidiarnos.

–Sí...

Lorelei notó que él no lo negaba y que se reflejaban sentimientos sobre su cuerpo que no parecían traerle recuerdos felices. Decidió que era mejor centrarse en lo que estaba haciendo. Inevitablemente, comenzó a pensar en su propia *maman*. Britt había entrado y salido de su vida constantemente. La madre que había conocido tan solo superficialmente, cuando iba de visita a Nueva York, a su apartamento junto a Central Park. Una gloriosa valkiria rubia que le cantaba canciones tradicionales suecas y le dejaba jugar a disfrazarse en los talleres de los mejores modistos de París y Roma. Una madre que llevaba a Lorelei a los desfiles de moda y la vestía como una muñequita. Una madre que no había sido madre en absoluto para ella y que, en aquellos momentos, era más bien una amiga con la que hablaba de vez en cuando.

–Supongo que alguien de tu familia es dueño de un banco, dada la finca que es tu casa –comentó él mientras se apoyaba contra el mostrador.

–Nada de bancos –replicó Lorelei–. Esta casa perteneció a mi *grandpère*. Tenía un negocio de importación de mucho éxito. Cuando murió, se la dejó a mi *grandmaman*, Antoinette St James. Yo la heredé a su muerte.

–Supongo que si te dejó su casa es porque estabais muy unidas.

–Me cuidó –se limitó ella a decir–. Me enseñó a distinguir el bien del mal. Me dio normas.

–¿Y una casa?

–*Oui.*

–Me imagino que, por el tamaño que tiene, será una carga.

A Lorelei le sorprendió que lo entendiera. Decidió no ocultar la verdad y señaló al techo.

–No tienes por qué ser tan comedido. Evidentemente, se me está cayendo encima.

–¿Creciste aquí?

–En parte. Me pasaba las vacaciones con mi abuela.

–Supongo que tus padres han muerto, dado que eres tú la que recibiste la casa.

–No. Los dos siguen con vida. A mi *grandmaman* no le caía bien mi madre.

–¿Y le caías bien tú?

–*Ah, oui*. A su modo. ¿Leche y azúcar?

–Solo.

–Raymond, mi padre, tampoco era de su agrado.

–¿Llamas a tu padre por su nombre de pila?

Lorelei se encogió de hombros.

–Él es esa clase de padre. ¿Cómo llamas tú a tu padre?

–De ninguna manera. Está muerto.

–Lo siento.

–No tienes por qué.

–¿Tienes hermanos?

–Un hermano mayor.

–Debe de ser agradable. Yo soy hija única. ¿Te llevas bien con él?

Nash la miró.

–¿Quieres que intercambiemos historias de horror familiares, Lorelei?

Ella se quedó inmóvil.

–Yo no tengo ninguna –dijo demasiado rápidamente.

Nash se percató de cómo se le habían sonrojado las mejillas. De repente, parecía mucho menos segura de sí misma.

–Oye, Nash –añadió. De repente había levantado la barbilla con una altivez que había hecho desaparecer de un plumazo su inseguridad–, ¿es este tu comportamiento habitual con las mujeres? ¿Las rescatas, las llevas a su casa y las emborrachas con café?

Nash iba a estar muy ocupado durante los próximos ocho meses. No estaba buscando una relación duradera, sino lo que la mayoría de los hombres querían: una atractiva rubia que desapareciera sin dejar rastro al día siguiente. En el restaurante había considerado que Lorelei podría ser esa mujer.

Y lo volvió a considerar.

Ella podría preparar rápidamente lo que pudiera necesitar para una noche. Él prepararía el avión, le mostraría la vida nocturna de París y se familiarizaría con lo que había disfrutado ya en el interior del restaurante...

Vio cómo ella se dirigía hacia la mesa de la cocina. Entonces se sentó sobre la mesa y dejó colgando una larga y esbelta pierna...

Nada de cautela... ¿Por qué no?

Le sugeriría una cena, mencionaría el restaurante, esperaría a que ella preparara todo lo que necesitaría para una noche...

Se acercó a ella y se detuvo a su lado.

–He estado pensando sobre esta noche...

–*Ah, oui*...

–Si no estás prometida...

Lorelei dejó la taza de café sobre la mesa.

–*Mais non*...

Nash le tomó las manos y las entrelazó con las suyas. Ella se lo permitió.

–¿Cena?

–*Oui*.

Para su sorpresa, ella bajó los párpados y, durante un instante, pareció tímida, casi mojigata.

–¿En París? Hay un restaurante en el centro...

–¿Y puedes hacer una reserva con tan poco tiempo?

Nash se encogió de hombros.

Lorelei se quedó muy impresionada. Se había olvidado. Nash no solo tenía mucho dinero, sino que era famoso. Ojalá dejara de acariciarle las manos. No quería que él le viera las palmas y que volviera a acariciarle las durezas que tenía en ellas.

Apartó las manos. Había recordado las palabras que él le había dicho en el restaurante. Nash Blue siempre se aseguraba de salir victorioso.

–Me temo que esta noche no. Y París no.

No quería despertarse sola al día siguiente en una habitación de hotel o con un hombre que se había saciado con ella y que simplemente iba a devolverla a su casa. Le había dejado muy claro que aquello era lo único que buscaba con ella. Era un trofeo para él y, sin duda, ya tenía muchos, seguramente una estantería llena.

No tenía intención de ser una más. Ya lo había visto con mucha frecuencia con Raymond. Si Nash quería algo con ella, iba a tener que esforzarse.

¿No? Nash se quedó atónito ante lo que acababa de escuchar.

–¿Te puedo preguntar si es personal o porque es París?

–Me gusta París, pero esta noche no. Estaría encantada de ir a cenar contigo aquí en Mónaco.

Menos mal que no era tan escurridiza.

Casi sonrió. Casi.

Por alguna, ella había puesto los frenos. En realidad, Nash también prefería tomarse las cosas con calma, ir poco a poco. Lorelei sin duda lo merecería.

Dado el gesto de altivez que ella tenía en el rostro, se valoraba mucho. ¿Y quién era él para discutírselo?

–Pues Mónaco será –dijo él–. Te recogeré a las ocho.

Capítulo 7

ESA mujer tiene un perfil propio en los medios de comunicación.

La voz de John Cullinan resonó por el altavoz del teléfono.

Nash atravesó desnudo el dormitorio de su ático mientras se secaba el cabello con una toalla.

Al ver que Nash no respondía, Cullinan siguió hablando.

—Su padre está encerrado en una cárcel lejos de la capital. Le quitó todos sus ahorros a una actriz francesa, pero la estrella del juicio fue la hija. Apareció en el tribunal todos los días con un atuendo diferente y les quitó el protagonismo a todos. Parecía que le gustaba la atención que despertaba.

Nash arrojó la toalla y miró qué hora era.

—Ni siquiera trabaja para esa maldita organización benéfica.

Nash se quedó completamente inmóvil.

—¿Quién no trabaja para la organización benéfica? —preguntó.

—Lorelei St James. Y escucha esto. Se le ha relacionado con una larga lista de hombres muy ricos. Ella aparece siempre junto a todos los hombres famosos y con dinero. Hoy ha ido por ti, muchacho.

—Creo que tienes demasiada imaginación, John.

—Solo estoy haciendo mi trabajo. Tú no te puedes

permitir esa clase de publicidad. A esa mujer le gusta la prensa.

–¿Acaso no les gusta a todas? –musitó Nash–. De lo único de lo que tienes que preocuparte es de la rueda de prensa. ¿Está claro?

–Cristalino.

Nash cortó la llamada y se mesó el cabello húmedo con la mano.

No quería aquella información, pero ya la tenía. ¿Qué iba a hacer al respecto?

Le parecía que tenía una opción. No tenía que hacer nada al respecto. ¿Que le gustaban los hombres con dinero? No pasaba nada. ¿Que tenía un pasado? Una vez más, no pasaba nada. Él también. Era una mujer hermosa, adulta, que había vivido la vida como él, no una aburrida ingenua. Una parte de lo que le atraía hacia ella era la experiencia de la vida, la madurez que parecía tener.

Sería sospechoso si no tuviera un pasado, pero tenía un pasado con hombres famosos y con dinero.

Se acercó a su traje, que tenía colgado en el respaldo de una silla, el traje que había pensado ponerse para ella. Se imaginó a Lorelei en brazos de otro hombre. De otros hombres. Frunció el ceño y trató de deshacerse de aquel pensamiento. Se dirigió al cuarto de baño y comenzó a afeitarse.

Además, si hubiera buscado publicidad, ¿acaso no habría aceptado irse a París con él? ¿Con cuántas mujeres había salido para terminar encontrándose *por casualidad* con los reporteros esperándoles en el exterior del restaurante en el que acababan de cenar?

Estaba acostumbrado a esa clase de mujeres. Años atrás, cuando no tenía tanta experiencia, una joven heredera había decidido que quería salir con un piloto de carreras. Por aquel entonces, él tenía veinticuatro años y era un idealista. Le había regalado un anillo, no de compromiso, pero se había imaginado que era lo que necesitaba para asegurarse su fidelidad. Desde el principio, ella le había sido infiel y, cuando rompieron, ella salió en la prensa acompañada de un conocido político.

Aquel fue el origen de todas las historias que circulaban sobre él. La heredera lo había convertido en una leyenda de la infidelidad, citando mujeres a las que él ni siquiera había conocido. Con eso, él había proseguido con su carrera deportiva y con una reputación de cambiar de mujer más rápido de lo que terminaba un circuito. Los medios se habían mostrado insaciables a pesar de que él jamás había buscado su atención. Lo habían perseguido desde entonces y, como consecuencia, él no tenía duda alguna sobre el efecto negativo de la publicidad y su influencia a la hora de llevar una vida medio normal. Además, condicionaba la clase de mujeres que se acercaban a él...

Si Cullinan tenía razón, Lorelei solo buscaba la atracción de los medios y se había presentado aquel día en el hotel mintiendo sobre el hecho de que no supiera quién era él.

Aquello le había pasado tantas veces que le parecía haber vivido mil veces ya aquella situación. Anteriormente, habría aceptado lo que se le ofrecía sin pedir explicaciones. Sin embargo, en aquellos momentos él tenía mucho más que proteger. En aquellos momentos, con su carrera automovilística a punto de despegar de nuevo, iba a hacer las cosas de un modo muy diferente.

La expresión de su rostro se endureció. Sabía lo que tenía que hacer, simplemente no quería hacerlo. No podía acostarse con una mujer y luego dejarla tirada. Podría ser cruel en sus relaciones personales, pero no era un canalla.

Tomó el teléfono móvil antes de que pudiera cambiar de opinión.

Ella tardó un poco en contestar.

–*Bonjour,* Nash

Tenía la voz insinuante, sensual. Durante un segundo, él se olvidó de todo lo que estaba a punto de hacer y la recordó en la autopista...

No había hecho algo así nunca antes.

Maldita sea.

–Te llamo para cancelar nuestra cita –dijo sin andarse por las ramas.

Silencio.

–Para empezar, no era muy buena idea. Tengo mucho trabajo encima y no te puedo dedicar el tiempo que te mereces. Te ruego que me perdones si te he estropeado esta noche.

–¿Y no sabías esto antes?

–Sí, pero eres una mujer muy hermosa, Lorelei. Permití que eso me distrajera. Desgraciadamente, como te he dicho, estoy muy ocupado.

–¿Yo te distraje? –replicó ella con frialdad–. ¿Invitas a cenar a las mujeres que no te distraen, Nash?

Él respiró profundamente.

–Está bien. La verdad es que tienes un perfil propio con los medios de comunicación, Lori, y eso no me viene bien.

Se produjo un profundo silencio.

–A ver si lo he comprendido –dijo ella lentamente–. ¿Ya no quieres invitarme a cenar porque has leído algo sobre mí en un periódico?

Nash supo que Lorelei había sacado sus conclusiones cuando él no respondió.

–¿Tiene esto algo que ver con mi padre?

–No. Tiene que ver contigo y con tu carencia de apoyo visible y el hecho de que yo sea de carne y hueso. Cometí un error.

Reflejó una cierta finalidad en aquellas palabras. Aquella conversación tenía que darse por terminada. Entonces, se produjo un tenso silencio.

Sintió la dureza del mensaje que acababa de transmitir y, aunque se había deshecho de otras mujeres antes, en aquella ocasión sintió un escalofrío por la espalda.

–*Mais, oui.* Tú eres un hombre muy ocupado.

En aquella ocasión, Lorelei sí que parecía enfadada. Nash se relajó. Aquello era mucho mejor, podía olvidarse fácilmente de una mujer enojada e indignada.

–Ciertamente sería muy inconveniente que yo te distrajera de lo que es importante –repuso ella–. Aquí estaba yo pensando que eras un caballero, pero solamente eres un hombre, ¿verdad? Como todos los demás. Y un hombre no demasiado agradable.

Con eso, Lorelei colgó el teléfono.

Nash arrojó su móvil. Se sentía frustrado. Durante un instante, volvió a sentirla entre sus brazos y consideró la alternativa de que ella no hubiera sido tal y como Cullinan la había retratado. Que la ingeniosa y refrescante mujer con la que había estado charlando aquella tarde en la cocina de su casa fuera la verdadera.

Entonces, descartó la idea.

Ella tenía razón. No era un hombre muy agradable y eso le había llevado muy lejos.

Lo que quedaba era el hecho de que había cancelado dos reuniones para pasar un rato con una mujer a la que no conocía. Tenía que ponerse al día. Había llegado a donde estaba por su obstinación. Necesitaba volver a centrarse en lo que debía.

Se vistió y realizó las llamadas necesarias para convocar a las personas que podían concederle sus deseos.

En el bar de Santo. Media hora después.

El trayecto en coche hasta el bar era muy corto. Aquella noche, Nash lo recorrió recordando la primera vez que había competido en aquellas turísticas calles.

Fue una carrera extraordinaria, esa y todas las que vinieron después. El éxito le había sobrevenido con rapidez, seguramente demasiada. Al principio de su carrera, había tenido muchas personas que dependían de él económicamente. Su padre, su hermano, viejos amigos... Todos lo consideraban como un canalla con suerte, pero él sabía que no era así. Había trabajado mucho para llegar donde estaba y había aprendido a aferrarse a lo que había ganado. No necesitaba otra persona que quisiera algo de él.

De repente, comenzó a pensar en su hermano Jack.

No volvería a arriesgarse

La expresión de su rostro se endureció. Se dijo que si su instinto estaba en lo cierto a pesar de la fuerte atracción que sentía hacia Lorelei, no volvería a... Atracción animal. Desgraciadamente, el aroma de Lorelei seguía en el coche haciendo que se sintiera inquieto, enojado y haciendo que le resultara difícil recordar por qué se negaba lo que tanto deseaba.

¿Se lo habría imaginado? ¿Cómo se lo había dicho Nash? Que ella tenía un perfil en los medios.

Era el juicio. Tenía que ser el juicio.

Se sentó en una butaca que tenía en su dormitorio y se puso a pensar. ¿Qué otra cosa podría haber descubierto él? No era difícil. Lorelei sabía que tenía un perfil social.

Había salido con algunos hombres muy importantes, aunque no en serio. Jamás había sido en serio. Tan solo en una ocasión, cuando siendo una jovencita había pensado que el hecho de que un hombre le dijera que la quería ya era razón suficiente para comenzar a planear un futuro... hasta que descubrió que lo que él quería era su dinero.

En realidad, el dinero que su abuela le había dejado no era una cantidad exagerada. La abuela le había dejado la mayor parte de su dinero a sus obras benéficas favoritas. Ese dinero le habría sido muy útil en aquellos momentos. Sin embargo, comprendía que Antoinette estaba castigando a Raymond y no a ella. La anciana se había imaginado que, algún día, ella terminaría pagándole la fianza a su padre

Inevitablemente ese día había llegado y pasado. Desgraciadamente, había puesto en peligro lo único que su abuela le había dejado: la mansión.

No quería pensar en aquello en esos momentos. Tenía que decidir qué hacer para llenar su noche dado que Nash Blue había cambiado de opinión...

Entornó los ojos. Tomó el teléfono y comenzó a buscar en su lista de contactos. Los dos jugarían a lo mismo. Ella tenía muchas personas a las que podía llamar, hombres que darían cualquier cosa por poder llevarla a cenar. Recorrió los nombres con el dedo. El corazón le latía con fuerza. ¿Por qué no podía...?

Porque... porque...

Apretó el número de Damiano Massena. Él respondió casi inmediatamente. Evidentemente, no tenía ningún problema por el hecho de que ella pudiera distraerle. Hacía años que se conocían. Él estaba en la ciudad. Siempre resultaba divertido salir con él y Lorelei sabía que él no buscaría nada más que su compañía. Ya habían superado aquel escollo hacía años. Él era un seductor y Lorelei era demasiado romántica y, por lo tanto, no era su tipo. Damiano le dijo que la recogería al cabo de una hora.

–Que sea media hora –insistió ella mientras se desabrochaba el vestido. Lo último que quería hacer era estar sentada allí sola.

Terminó la llamada y se quitó el vestido. La romántica creación en rosa que había elegido para salir con Nash quedó en el suelo mientras se dirigía hacia el armario. Se pondría algo corto y llamativo para conseguir que todos los hombres se fijaran en ella.

Escogió un minúsculo vestido dorado de fiesta. Saldría, bailaría y se divertiría. Se olvidaría de que había ocurrido todo aquello.

Se dio la vuelta y se miró en el espejo. Una alta y esbelta mujer con una combinación color marfil y un collar de perlas, que aquella noche se había vestido pensando en un hombre en particular. El maquillaje discreto. El cabello recogido sencillamente sobre la nunca.

La mujer que en realidad era.

Inesperadamente, sintió una profunda tristeza. ¿Acaso jamás se le iba a permitir ser ella misma? Respiró profundamente y se quitó la combinación. Entonces, empezó a vestirse como la mujer que necesitaba ser.

El bar de Santo era un lugar ruidoso, pero tenía oscuros rincones en los que un par de rostros famosos y los dos fundadores de una de las escuderías más importantes del automovilismo podían pasar desapercibidos.

Nash tomaba una cerveza sin alcohol. Llevaba casi cuatro años sin tomar bebidas alcohólicas. No las echaba de menos, pero, de vez en cuando un vaso de whisky le habría sentado muy bien. Aquella era una de esas noches.

Debería estar disfrutando de la compañía. Eran todos hombres y hacían mucho ruido, como el bar. Antonio Abruzzi, el piloto más importante de Eagle, le estaba contando una historia que rayaba en lo pornográfico. Nash la estaba escuchando a medias, pero no hacía más que mirar a su alrededor. Se fijó en una mujer al otro lado de su mesa. Se estaba enredando un mechón de cabello alrededor del dedo mientras hablaba. Inmediatamente, pensó en Lorelei...

¿Por qué había tenido que decirle que no?

Tomó su cerveza y sonrió tristemente. Sabía por qué. Era un maldito experto en dejar lo que le gustaba. Simplemente, le estaba costando aceptar el cambio que había hecho aquella noche. Había cambiado una velada con una diosa rubia para pasarla escuchando las historias de Abruzzi y los miembros del equipo Eagle.

Se puso de pie.

—Nash, hombre, ¿adónde vas?

—Tenía una cita previa.

Se despidió de los chicos de Eagle y se dirigió hacia la salida del bar.

Él salía cuando ella entraba.

De una altura imposible con aquellos vertiginosos zapatos de tacón, empequeñecía al hombre que la acompañaba, el financiero italiano Damiano Massena.

Massena iba vestido con un largo abrigo negro y Lorelei parecía una llama con un vestido dorado. Parecía un trofeo. Nash tuvo que detenerse para mirarla y sintió que se le hacía un nudo en el estómago. Massena la tenía y él no.

Lorelei pasó a su lado, pero no lo miró. Era la imagen viva de la invitación al pecado. Representaba todas y cada una de las razones por las que él no había querido salir con ella.

Sin embargo, se fijó también en muchas otras cosas. La noche era fresca y ella parecía estar temblando.

¿Por qué diablos no le había cedido Massena su abrigo?

El italiano le dijo algo y luego miró a Nash. Entonces, le indicó a Lorelei que siguiera hacia delante.

Sin saber por qué, Nash le colocó a Massena la mano sobre el hombro. El italiano se volvió sorprendido y la expresión de su rostro se endureció al ver la de Nash.

¿Qué diablos estaba haciendo él?

Indicó con la cabeza a Lorelei, que se había detenido en la puerta abrazándose para combatir el frío. No lo miraba.

–Métela dentro –le dijo–. Se está helando.

Con eso, siguió andando. Sí. Ser tan obstinado le había llevado muy lejos.

Lorelei sabía que, en el coche, estaba hablando demasiado. Desde que se encontró con Nash se había sentido preocupada y no había sido buena compañía. Damiano la llevaba de vuelta a casa muy temprano.

–¿Estás saliendo con él?

–Nos hemos conocido hoy mismo –admitió ella–. Habíamos quedado para salir a cenar, pero él canceló y yo...

–Me llamaste por teléfono. Me siento halagado.

–Te llamé porque eres uno de mis amigos y sabía que tu compañía sería agradable –replicó ella mientras le colocaba la mano sobre el brazo.

–¿Vas a volver a verlo?

–A él no le interesa.

–Pues para no interesarle, *cara*, tenía los ojos de un esposo celoso.

Lorelei tragó saliva, pero no pudo ignorar la excitación que se apoderó de ella.

–Un consejo, Lorelei, por parte de un viejo amigo. No debes jugar con un hombre como Nash Blue. Ha sido cruel en el pasado con mujeres mucho más duras que tú, *cara*.

–¿Cruel? –repitió Lorelei. Un escalofrío le recorrió la espalda.

–Más que yo –afirmó Damiano con una sonrisa–, y me parece que, contigo, mucho más eficaz.

–Entonces, ¿es un seductor?

Damiano se encogió de hombros.

–*Niente*. No más que ningún otro hombre rico y famoso, *cara*. Sé que es un hombre famoso por su autocontrol. Ni bebe, ni fuma ni se pelea por lo que yo sé. ¿Y dices que le has conocido hoy mismo?

–*Oui*.

Damiano echó la cabeza hacia atrás y soltó una carcajada.

–No veo qué puede ser tan divertido.

–Sí, lo sé. Y es eso precisamente lo que le hace más divertido.

Lorelei sacudió la cabeza. Jamás comprendería a los hombres. Se relajó un poco, pero al ver que estaban llegando a su casa comenzó a desear que aquella velada no estuviera a punto de terminar. De quedarse sola. De pensar.

–¿Quieres que te acompañe dentro? –le preguntó Damiano

–No hace falta.

Sin embargo, al entrar en su casa, la frialdad y el vacío se adueñaron de ella. Subió a su dormitorio, tratando de no pensar en sus deudas, en las cartas de amenaza y en lo que significaban... De algún modo, lo que se le vino a la cabeza fue qué habría pasado si Nash Blue la hubiera llevado a su casa. ¿Qué habría hecho ella?

–Echarle un cubo de agua por la cabeza, eso es lo que habría hecho –le dijo a Fifi cuando entró en su dormitorio.

Fifi se levantó y se acercó a su sueña mientras esta se lavaba la cara y se quitaba el vestido.

–Cree que me encantan los medios y que estoy buscando un ricachón. Pues ninguna de las dos cosas, Fifi.

Se acercó a su escritorio y abrió un cajón. En su interior, había meses de cartas sin responder y sin mirar de su abogado y de otros bufetes que se habían ocupado del caso de Raymond.

Se sentó y se puso las gafas que utilizaba para leer. Entonces, tomó un bolígrafo y sintió un gran alivio al haber empezado por fin aquella tarea. Hasta que comenzó a leer...

Horas después, cuando aún seguía despierta sobre la cama, se dio cuenta de que había necesitado que al-

guien como Nash apareciera en su vida para obligarla
a ver su comportamiento y ayudarla a encontrar el valor para enfrentarse a sus problemas.

Suponía que podía darle las gracias por ello.

Se tapó con la colcha. Hacía frío aquella noche.
Otro problema de aquella casa. Tenía muchas corrien-
tes de aire.

«Métela dentro. Se está helando».

¿De verdad había dicho eso o simplemente se lo estaba imaginando?

A la mañana siguiente, estaba paseando descalza
por la terraza trasera cuando vio que aparecía su Sunbeam.

Dejó su café y salió corriendo para ir a hablar con
los dos hombres que se lo habían llevado. El coche había sido revisado y se le habían cambiado algunas piezas fundamentales y se había puesto a punto.

No había factura.

–No lo comprendo...

–Cortesía del señor Nash Blue –dijo el hombre encogiéndose de hombros–. Es un coche maravilloso,
señorita. Cuídelo bien.

Lorelei arrugó el informe entre los dedos antes de
darse cuenta de lo que estaba haciendo. ¿Cortesía de
Nash Blue? Ella no necesitaba caridad. No necesitaba
que la rescataran.

Cinco minutos más tarde, una furgoneta se acercó
por el camino de grava, Lorelei reconoció el logotipo.
Un muchacho saltó del vehículo y se dirigió hacia ella
con un enorme ramo de rosas rojas.

Ella las aceptó y enterró la nariz en ellas para aspi-
rar el delicioso aroma.

Damiano. ¡Qué amable de su parte! Y qué innecesario...

Sacó la tarjeta y, de repente, las rosas adquirieron un significado muy diferente.

Perdóname. Nash.

Capítulo 8

LORELEI aparcó y se bajó de su deportivo. El coche funcionaba a la perfección. Eso la hizo enojarse más aún con el hombre que se lo había arreglado y que le había enviado flores en una mañana extremadamente difícil.

No estaba segura de lo que estaba haciendo allí, pero se imaginó que se le ocurriría algo cuando los dos estuvieran cara a cara. Había pensado en sacar la chequera e insistir en que él aceptara que le pagara los arreglos del coche. Seguramente él era tan arrogante que no aceptaría. Este hecho se confirmó cuando vio que su nombre aparecía en la marquesina. ¿Qué clase de hombre ponía su nombre a su empresa? Solo demostraba el enorme tamaño de su ego.

Consiguió pasar a través de la multitud que hacía cola alrededor del perímetro de la valla. Dio su nombre en la puerta y le dieron un pase.

Iba vestida con unas deportivas, pantalones blancos y una camiseta de lamé dorado que le dejaba los brazos al descubierto. Se había recogido el cabello con un pañuelo de color azul. Sin embargo, tal vez su atuendo no era lo suficientemente discreto.

Todos los que la rodeaban iban vestidos con impermeables y ropa deportiva. A medida que avanzaba, todo el mundo la miraba como si fuera un animal exótico.

No conocía a ninguno de los voluntarios. Aquella no era su rama de la organización. En realidad, había tenido que llamar aquella mañana a la fundación para organizar un pase. No. No había razón alguna para que ella estuviera allí, pero allí estaba, abriéndose camino en una pista de automovilismo, escuchando el sonido de los coches y las voces emocionadas de los niños y de sus padres...

No le resultó difícil ver dónde estaba Nash, no solo por su altura sino también por el modo en el que se movía. Vio también que las mujeres se acercaban todo lo que podían a la barrera para poder verlo mejor. Aunque los deportistas jamás le habían atraído demasiado, sacó su lápiz de labios del bolso y se retocó el maquillaje. Entonces, se quitó el pañuelo del cabello y se lo puso alrededor del cuello. Necesitaba sus armas de mujer.

Se abrió paso a través de la multitud y vio a Nash con los niños. Llevaba un mono negro y un puñado de cascos que estaba repartiendo. Los padres parecían tan asombrados como los pequeños.

Vagamente, Lorelei reconoció a otro piloto, Antonio Abruzzi. El italiano estaba hablando con los periodistas a pie de pista.

Se acercó todo lo que pudo a la pista y vio que Nash le estaba colocando un caso a una niña de unos diez años. La pequeña parecía estar algo asustada, pero Nash le dijo algo y ella sonrió. Entonces, dejó que Nash le abrochara el casco con un enorme cuidado.

Lorelei sintió una extraña sensación en el pecho.

Vio que Nash conducía a la pequeña hacia el coche. Entonces, él miró por encima del hombro y, por casualidad, las miradas de ambos se cruzaron.

El tiempo pareció detenerse y, de repente, Lorelei tuvo que enfrentarse a una innegable verdad. Nada podía haber evitado que fuera allí aquella mañana.

Nash se dio la vuelta y, a pesar de que los flashes de las cámaras comenzaron a disparar, su mirada estaba puesta en ella.

Lorelei levantó la barbilla. Comprendió por fin de qué estaba hablando Simone.

Nash era una leyenda. Ella no había sabido ver más allá del hombre.

Nash vio el desafío de la delicada barbilla. Se suponía que ella no debía estar allí. Después del incidente de la noche anterior con Massena, Nash se había imaginado que más o menos comprendía la clase de mujer que era. Hermosa, privilegiada, acostumbrada a verse perseguida por los hombres ricos. La información de Cullinan no podía haber estado más lejos de la realidad. Era mucho más inteligente de lo que él había supuesto.

Habría esperado que ella se acercara, pero allí estaba, al otro lado de la barrera, entre los espectadores, como si acabara de salir de un desfile de moda. Con vaqueros, sí, pero de alta costura, y un elegante pañuelo alrededor del cuello. Se había vestido para pasar un día en el puerto deportivo, no para ir a una pista de carreras.

Ella lo miraba como si estuviera esperando que Nash se le acercara, que la tomara en brazos y la llevara como el trofeo que era.

No podía negar que eso ya se le había ocurrido, estaba tan hermosa... Era más alta que la mayoría de las mujeres que la rodeaban y poseía una elegancia que atraía sin dificultad a los hombres. Nash quería protegerla, cuidar de ella...

Sin embargo, ya lo había hecho antes con ella y no volvería a hacerlo. Se había pasado el día anterior haciéndolo. Se había dado ya más de cincuenta duchas frías y ya no lo haría más.

Dejaría que Massena, o quien fuera, se ocupara de ella.

Él tenía que ocuparse de los niños, de las fotos. Luego se marcharía a su casa en el Cap d'Ail para tomarse un merecido descanso antes de marcharse a Mauricio para unas reuniones y luego encerrarse para entrenar.

Estaba a punto de darse la vuelta cuando ella levantó la mano. Fue la incertidumbre que transmitía lo que le hizo detenerse. Su cuerpo de repente se tensó.

Fue vagamente consciente de que los espectadores se acercaron a la barrera cuando él dio un paso al frente. La expresión de Lorelei era parecida a la de una cierva a la que sorprenden los faros en medio de la noche. Parecía como si no supiera lo que podía esperar. Nash sintió que se le hacía un nudo en el pecho.

No había pensado lo que le iba a decir. La miró a los ojos y, entonces, lo supo.

–Hablaré contigo más tarde...

Aquellos ojos color ámbar se abrieron un poco más. Lorelei asintió.

Entonces, Nash les guiñó el ojo a un par de adolescentes que había de pie junto a ella y se marchó.

La mayoría de la gente ya se había marchado. Solo quedaban los voluntarios limpiando y el personal de pista. Nadie le había preguntado a Lorelei por qué estaba allí, junto a la pista.

Se estaba haciendo tarde. Ella miró hacia los edificios. Estaba a punto de anochecer y había empezado a hacer más frío. Solo tenía una ligera chaqueta de algodón. Tal vez Nash se había olvidado de ella o tal vez se había entretenido. O tal vez jamás había tenido intención de hablar con ella.

Lorelei sola se había puesto en aquella situación tan precaria. Ella no solía perseguir a los hombres, sino que era a la inversa. Era el objeto del deseo y no la que deseaba.

Sabía que debería marcharse de allí. No debería haber acudido a la pista. Había sido una pésima idea. Lo de sacar la chequera e insistir para que él aceptara que le pagara lo de su coche había sido un error. Una ingenuidad.

–¿Te apetece dar una vuelta?

La profunda voz de Nash la envolvió. Lorelei se dio la vuelta y lo vio a pocos metros de distancia, vestido con unos vaqueros y una camiseta. Tenía el cabello revuelto y la barba había comenzado a delinear la fuerte mandíbula. Sus intensos ojos azules brillaban bajo la tenue luz. Tenía dos cascos en la mano.

–Cuidado, Nash. ¿Y si alguien nos ve juntos?

–Nena, esta tarde había más de cincuenta cámaras disparando a nuestro alrededor. Creo que lo de mostrarse cautelosa llega tarde.

Aquella no era la respuesta que ella había buscado. Le habría gustado que él dijera que no le importaba.

–Vamos...

Había abierto una puerta. Lorelei dio un paso atrás.

–¿Ahí? –preguntó mientras observaba dudosa el coche deportivo.

–Blue 16. No muerde...

Nash la miraba fijamente. La expresión de su rostro le recordó a Lorelei sin saber por qué a la del lobo del cuento de Caperucita Roja.

–Mucho –replicó mientras extendía la mano para tomar el casco.

Nash sonrió.

El lobo, sin duda.

Dejó su casco encima del coche y se acercó con el de ella. Le agarró el cabello para levantárselo y poder ponerle el casco. Lorelei recordó la otra ocasión en la que él le había tocado de aquella manera.

Él debió de haberlo recordado también.

–Tu cabello –susurró–. Sedoso, suave... Huele como tú.

Lorelei apenas tuvo tiempo de reaccionar antes de que él le colocara el casco en la cabeza. Nash le ajustó la correa y ella se dio cuenta de que llevaba esperando aquel instante desde el momento en el que lo había visto con la niña. Había querido que la ayudara a ella con la misma delicadeza...

Se sentía muy rara con el casco. Sonrió.

Nash le abrió la puerta.

–Entra.

Nash no había planeado nada de aquello, pero, en el momento en el que la vio junto a los coches, esperándole, se habían despertado en él todos sus instintos. Si iba a hacerlo, sería mejor que lo hiciera bien.

No era la primera vez que utilizaba un coche y la alta velocidad para seducir a una mujer, pero hacía más de diez años desde la última vez, por lo que la sensación le parecía completamente nueva. Como si fuera la primera vez.

Se puso su casco y realizó las comprobaciones necesarias.

—¿Te apetece un poco de velocidad?

—¿Exactamente a cuánta vamos a viajar?

—Bastante rápido.

Lorelei hizo un gesto con el que le indicó que estaba en sus manos.

Y estaba en lo cierto.

Nash comenzó a acelerar por la pista y fue aumentando poco a poco la velocidad. A Lorelei le encantó. La velocidad la empujó contra el asiento. Nash iba a pegarle un buen susto para luego aprovecharse de los resultados.

Mientras que el coche volaba por la carretera, oía lo acelerada que ella tenía la respiración a través del micrófono. Sentía cómo temblaba. Aquello era lo que quería. Que ella reaccionara, que se sometiera a sus deseos.

—¿Te encuentras bien? —le preguntó a través del micrófono.

—*Mon Dieu!* —exclamó ella.

Sin necesidad de mirarla, sabía que le estaba encantando. En ese momento, quiso darle el paseo más emocionante de toda su vida.

Lorelei gritó cuando él tomó una curva a gran velocidad y luego enfiló la recta. Ella volvió a gritar. Nash sabía exactamente lo que ella estaba experimentando porque él lo había sentido también. La primera vez. Y luego todas las posteriores. Por eso se dedicaba a las carreras.

Poco a poco, fue aminorando la marcha y detuvo el coche. Ella empezó a lanzar pequeños murmullos de admiración y de excitación. Nash comprendió que la tenía. Lo que no entendía era por qué aquello le parecía tan importante.

Salieron en silencio.

Nash se quitó el casco, pero ella seguía tratando de hacer lo mismo con el suyo. Echó la cabeza hacia delante para ahuecarse el cabello y, cuando se incorporó de nuevo, los rizos le cayeron sobre los hombros desordenadamente. Lorelei ni siquiera trató de alisárselos. Los ojos le brillaban. Así era exactamente como él la deseaba.

Ella separó los labios. Tenía la respiración agitada y alegre. Nash sabía exactamente cómo se sentía. A él también se le había acelerado el corazón, aunque no por la velocidad. Lorelei dio un paso hacia él. Nash hizo lo mismo.

Ninguno de los dos habló.

En lo único que Nash podía pensar era en lo mucho que la deseaba, tanto que la hubiera tumbado encima del capó del Blue 16 si no hubiera habido nadie cerca.

Ella lo miraba como si compartiera todos sus pensamientos.

–Vaya... Gracias –dijo.

–De nada...

Lorelei se acercó un poco más hacia él. De repente, Nash estaba muy cerca. El aire parecía arder entre ambos.

–Vamos –dijo él. Ella le permitió que le tomara la mano. Sabía perfectamente lo que él quería decir.

Nash la llevó a su automóvil y condujo por la autopista justo por debajo de la velocidad permitida. Lorelei no hizo preguntas sobre adónde la llevaba. Estaba demasiado ocupada preguntándose qué era lo que estaba haciendo.

Nash apenas la había tocado, pero el cuerpo le ardía. No sabía lo que él estaba pensando, pero quedaba bastante claro que él estaba al mando. En aquellos momentos, conducía muy rápido, pero conducía muy bien. Nash había hecho que ella se sintiera segura desde el momento en el que lo conoció.

Estaban llegando al desvío...

—¿A tu casa o a la mía?

Lorelei no podía fingir que no sabía a lo que él se refería. Ella nunca había ido a buscar a un hombre. Siempre había sido muy cuidadosa. Jamás se había marchado con un hombre de aquella manera... Al darse cuenta de que se habían detenido en el desvío, sintió que se le cortaba la respiración. No pudo responder.

Nash le agarró la barbilla y la besó tan dulcemente que a ella no le quedó más remedio que aferrarse al momento.

Él la soltó y decidió en su nombre.

—A mi casa. Está más cerca.

Capítulo 9

LE PARECIÓ el trayecto más largo del mundo, a pesar de que sabía que se podía realizar en veinticinco minutos.

No obstante, el silencio de Lorelei lo turbaba. ¿En qué estaba pensando? ¿En Massena? ¿Necesitaba realizar aquellas preguntas?

No. Era muy posesivo.

En realidad, hasta entonces no le había pasado con ninguna otra mujer. Había estado toda la noche pensando en ella, visualizándola con otro hombre. Era increíble. Él había sido quien había pisado el freno. Además, todo lo que sabía sobre ella indicaba que estaba jugando con fuego.

El tráfico era muy lento. Estaba anocheciendo y las luces de los bulevares estaban empezando a encenderse.

Nash hizo entrar el Veyron en el aparcamiento de su complejo de apartamentos. Notó que la respiración de Lorelei se aceleraba. La oscuridad del aparcamiento hacía que el espacio del coche resultara más íntimo. De algún modo, la adrenalina de la pista de carreras parecía haberse infiltrado en la realidad. Nash recordó las cosas que le había dicho, de las que la había acusado y, a pesar de todo, ella estaba allí, a su lado.

–Sobre mi coche... –dijo ella de repente.

–Ya me he ocupado yo.

–Lo sé, pero...

–¿Por qué te tienes que preocupar por esas cosas? No es nada. Una minucia.

Sintió que ella necesitaba decir más, pero, de repente, Lorelei guardó silencio y se colocó las manos sobre el regazo.

–Las flores eran preciosas.

Nash sospechó que ella estaba tratando de decirle algo, pero no quería escucharlo. Aquello no tenía nada que ver con el hecho de arreglar las cosas de su caótica vida ni del deseo que ella parecía tener por convertir lo que había entre ellos en algo más hermoso, con flores y gestos románticos. Estaba allí con un único propósito: exorcizar el deseo que sentía hacia aquella mujer. Completamente. Toda la noche. Ya verían por la mañana qué pasaba a continuación.

Para ser un hombre al que le gustaba planearlo todo, ciertamente estaba disfrutando con la improvisación. Y, de algún modo, aquello hacía que la situación resultara más excitante.

–¿Aquí es donde vives? –le preguntó ella.

–En el ático.

Ella miró a su alrededor.

–Debe de ser agradable estar en el centro de todo.

–Tiene sus compensaciones.

–Al menos, estamos seguros de la opinión pública. Nash...

Durante un instante, Nash pensó que se le iba a sentar encima en el interior del coche. Entonces, comprendió que se trataba tan solo de su propia fantasía y que ella, simplemente, lo estaba interrogando con la mirada.

No quería responder preguntas.

Abrió la puerta del coche y salió. Rodeó el vehículo para abrirle la puerta. Ella lo miró cuando abrió la puerta y dudó un instante. Entonces, sacó las piernas sin dejar de mirarlo, recordándole en todo momento la clase y la elegancia que poseía y por qué él tenía que comportarse como un caballero con ella. Salió del coche y, literalmente, cayó entre sus brazos.

Nash sintió la delicadeza de sus huesos, la suavidad de sus brazos cuando le rodearon el cuello, el aroma que emanaba de su cabello... Lorelei lo besó y, de repente, los planes de Nash para aquella noche se desintegraron.

Había tenido la intención de besarla ardientemente, para asegurarse de que los dos comprendían que lo de aquella noche tan solo tenía que ver con la resolución de la atracción sexual que había entre ambos y no con nada ni tan siquiera remotamente romántico. Los dos eran adultos. No habría nada más. Sí, se lo haría comprender...

No obstante, en el momento en el que la tuvo entre sus brazos, el beso se volvió tierno y romántico, saciando otro nivel muy diferente que él no quería explorar en aquellos momentos.

Oyó que ella susurraba su nombre y, en aquel momento, obedeciendo un instinto primario, le agarró el trasero con las manos y la levantó hasta que ella estuvo encima del capó del Veyron. Se preguntó qué demonios estaba haciendo, pero no podía dejar de besarla.

Se prometió que tan solo lo haría un poco más. Se pegó a ella, sintiendo la cálida piel de la cintura. Le deslizó las manos por debajo de la ropa mientras ella le enredaba los dedos en el cabello y lanzó pequeños sonidos de placer que le indicaron a Nash que aquella situación se estaba descontrolando rápidamente. Tenía que bajarla del capó del coche y llevarla a un lugar más privado.

Sin embargo, fue Lorelei la que rompió el beso y miró a su alrededor. Nash le colocó una mano sobre la mejilla para tranquilizarla.

–Solo estamos nosotros. Tú y yo.

Ella le tocó la mano con los dedos. Nash no pudo evitar entrelazar sus dedos con los de ella y le tocó la áspera palma de la mano.

–¿Vamos dentro? –le preguntó ella con ansiedad.

–Vamos dentro.

Nash la levantó del capó, le tomó la mano y la condujo hasta el ascensor. Pasó por delante del escáner la llave de acceso y las puertas se cerraron. Lorelei se giró hacia él para que la abrazara y sintió cómo se alzaban del suelo para subir hacia el ático.

Estaba aspirando su aroma, un aroma masculino y sencillo, nada ostentoso. Quería aferrarse a aquel momento, a la fuerza y la solidez de Nash, que también la abrazaba con fuerza.

Sonó el timbre que anunciaba que habían llegado y se abrieron las puertas del ascensor. Nash la levantó como si no pesara nada y atravesó con ella el umbral. Entonces, cerró la puerta de una patada. Lorelei admiró un amplio recibidor, con un ambiente cuidado y muy masculino. Unos amplios ventanales proporcionaban una vista impecable del famoso puerto deportivo de Mónaco.

–Nash... –susurró ella tras colocarle la mano sobre la mejilla.

Él se la tomó y le besó la palma de la mano. Entonces, tiró de ella y abrió una puerta, tras la que Lorelei pudo ver una enorme cama. Una vez dentro, él la soltó y dejó que se deslizara por su cuerpo hasta llegar al suelo. Inmediatamente, Lorelei se sintió empequeñecida. Tenía unos hombros anchos, el poder de su masculinidad y de su dominancia física y sexual en aquel momento la abrumaba, tanto que, en vez de tomar la iniciativa, dejó que él fuera el que diera el primer paso. Nash la besó de nuevo, tiernamente. Una vez más, aquello fue diferente a lo que ella había conocido antes. No sabía por qué este hombre...

–Déjame verte –musitó él, con voz tan suave que fue como terciopelo sobre la sensibilizada piel de Lorelei.

Obedientemente, ella se quitó las deportivas, pero parecía que Nash no podía contenerse y comenzó a tirar de la cinta que sujetaba en su lugar la camiseta.

–Permíteme...

Ella se lo permitió. La cinta por fin se soltó y, con infinito cuidado, Nash comenzó a despojarle de la camiseta. Se inclinó para aplicar la boca a los suaves abultamientos de los senos sobre el delicado encaje floral que, a duras penas, le cubría los pezones. A continuación, le desabrochó el sujetador y dejó que este cayera al suelo. Nash le miró los pechos y le colocó las grandes manos bajo los mismos. Entonces, comenzó a acariciarle los pezones con los pulgares.

–Eres tan hermosa... Deseo verte entera...

Lorelei se desabrochó los pantalones. Las manos de Nash se unieron a las de ella para deslizarla por encima de las esbeltas caderas y ayudarla a bajarse la prenda. Entonces, cuando Lorelei quedó completamente desnuda ante él a excepción de las minúsculas braguitas de seda blanca, pareció beber de ella.

–Dios, eres más que hermosa –susurró casi con reverencia.

Lorelei, que había recibido halagos sobre su belleza por parte de muchos hombres, sintió sus palabras y las creyó.

Se acercó a él y comenzó a levantarle la camiseta, dejando al descubierto un fuerte abdomen y un amplio y duro torso ligeramente cubierto de vello. Su piel era suave y su cuerpo parecía un generador de calor. Cuando le quitó del todo la camiseta, comprobó que Nash tenía un cuerpo magnífico, que parecía propio de un dios. La evidencia de su deseo se apretaba con fuerza contra los vaqueros y ella deseó explorarla. Sin embargo, Nash no le dio esa oportunidad porque bajó la cabeza y comenzó a besarla, levantándola de manera que casi ni siquiera tocaba la alfombra con los dedos de los pies. Le había puesto las manos sobre el trasero, moldeándola así contra él, hasta que ella sintió la gruesa y larga columna de su impresionante erección apretada contra su vientre.

La soltó lentamente y se puso de rodillas sobre la alfombra. Lorelei se echó a temblar cuando ella le depositó un apasionado beso sobre el vientre y otro más abajo y después más abajo aún. Le estaba besando la entrepierna, a través de la seda. Entonces, la seda desapareció y quedó tan solo la boca. Ella le colocó las manos en la cabeza, enredándole los dedos en el espeso cabello castaño. El placer no tardó en empezar a apoderarse de ella.

Cuando el gozo fue insoportable, comenzó a emitir suaves gritos. El placer era indescriptible. La lengua de Nash no dejaba de moverse, pero medía sus movimientos, como si estuviera evaluando lo que podía soportar antes de alcanzar el clímax. Cuando por fin experimentó el orgasmo, él esperó a que se recuperara para volver a llevarla hasta la cima del placer. Lorelei se quedó tan débil que tuvo que aferrarse a sus hombros para no caer al suelo. Entonces, él se levantó como un dios victorioso y la tomó entre sus brazos. Lorelei, que estaba debilitada y agotada por sus orgasmos lo miró y vio que él sonreía, como prometiéndole que lo mejor estaba aún por llegar.

Ella jamás lo había experimentado más de una vez en cada ocasión. Nash había comprendido perfectamente lo que necesitaba.

La colocó sobre la cama. Lentamente, sin dejar de mirarla, comenzó a desabrocharse los vaqueros con una mano mientras con la otra sacaba un preservativo. Lo abrió y Lorelei observó cómo se empezaba a bajar los pantalones. Dejó al descubierto una maravillosa musculatura, con marcados abdominales y profundas marcas a lo largo de las caderas. Se bajó pantalones y calzoncillos con un único movimiento y sonrió al ver el gesto que aparecía en el rostro de Lorelei.

–Soy ingeniero, Lorelei –le aseguró guiñándole un ojo–. Mi trabajo es asegurarme de que las cosas están en perfecto estado.

Se acercó a ella, grande y dominante. Ella se echó a temblar, aunque no precisamente por miedo.

–¿Vas a besarme, Lorelei?

–*Oui...*

Ella le colocó la mano sobre el torso, pero, en vez de darle un beso, la levantó instintivamente y le acarició la mandíbula con el reverso de la mano. Nash se quedó completamente inmóvil y, entonces, le atrapó la mano y comenzó a besarle los nudillos. A continuación, comenzó a besarle los labios. Un apasionado y tórrido sello de posesión. La deseaba.

Todas las defensas de Lorelei cayeron al suelo. Había deseado a Nash desde el momento en el que lo vio, lo que era la primera vez que le ocurría. Sin embargo, quería algo más, aunque no estaba segura de qué se trataba todavía...

Mientras la boca de Nash le recorría el rostro, la garganta, los hombros, ella inhaló su aroma y le enredó los dedos en el cabello. Después, le extendió las mano sobre la amplia espalda.

De repente, se sintió muy vulnerable. Recordó todo el interés femenino que él había despertado aquel día. Se preguntó qué habría pasado si él no hubiera estado allí. ¿Era eso lo que él hacía? ¿Encontraba la chica más guapa, se la llevaba en su coche a algún lugar y luego...?

–Nash... –susurró, presa de la ansiedad–, ¿qué estamos haciendo aquí?

Él sonrió de un modo que Lorelei jamás le había visto antes. Se tumbó sobre ella y Lorelei notó lo cálida que era su piel y lo sólido que era su cuerpo. Le parecía que podía ser cualquier cosa, hacer cualquier cosa, si tenía a alguien tan fuerte a su lado. Era una ingenua fantasía de la infancia, que la vida y la mala experiencia le habían robado, pero se lo permitiría tan solo por una noche. Al día siguiente tendría que enfrentarse a la dura realidad cuando estuviera sola, pero, por el momento, lo tenía a él...

De repente, no le importaron las otras mujeres. No le importó nada más que el sentimiento de perfección que le proporcionaba tener a Nash a su lado.

–Creo que estamos haciendo el amor –dijo, con su voz profunda y masculina.

–Nash... –musitó ella besándolo en la garganta–. Nash... –añadió besándolo en la mandíbula. Lo deseaba tanto.

Bajó la mano y acarició la potente erección. El rostro de Nash expresó un profundo placer. Era tan guapo y tan masculino que ella no podía dejar de mirarlo. No quería parar. Se sentía poderosa, pero también vulnerable, y nunca antes tan femenina.

Nash le agarró la mano y la ayudó a guiar el miembro hacia la entrada húmeda y caliente de su feminidad. Jamás dejó de mirarla. La punta del pene empujó suavemente, para luego hundirse dentro de ella muy lentamente.

Lorelei gimió mientras trataba de acostumbrarse a aquella potencia.

—¿Bien? —susurró él antes de proseguir.

—Maravilloso —respondió ella. En ese instante, creyó que efectivamente estuvieran haciendo el amor.

Lorelei le rodeó con las piernas y lo acogió más profundamente dentro de su cuerpo. Los apasionados besos mientras la penetraba, el cuidado con el que se contuvo... Todo compuso una intensa experiencia emocional que permitió a Lorelei escalar hasta alcanzar la cima del gozo.

Capítulo 10

LORELEI estaba tumbada entre sus brazos, con el rostro cubierto por su propio cabello y los delicados senos subiendo y bajando rápidamente mientras dormía. Las tenues marcas de las lágrimas aún le relucían en las mejillas.

Había llorado. Había apretado el rostro contra el hombro de Nash y había llorado después de la primera vez que alcanzaron juntos el orgasmo. Su cuerpo había temblado entre los brazos de él. Nash se había dicho que eso algunas veces les ocurría a las mujeres y sentía que los sentimientos de Lorelei estaban muy cerca de la superficie. Sin embargo, lo que no había esperado era lo que él había sentido.

Instinto de protección. Pasión. Ánimo de actuar, porque sentía que aquellas lágrimas no eran tan solo una reacción física a la intensidad de lo que había ocurrido en aquella cama.

Por lo tanto, la había abrazado mientras ella lloraba y la había tranquilizado con su cuerpo hasta que, de algún modo, volvió a estar dentro de ella. En aquella ocasión, todo fue mucho más lento, como si el tiempo se hubiera ralentizado para acomodarse al ritmo de sus cuerpos. Él le estaba dando a Lorelei lo que ella necesitaba.

Sexo. El placer físico era una de las necesidades de

la vida, pero no estaba seguro de que comprendiera bien lo que había ocurrido en su cama.

Estaba a mundo de amanecer. Los primeros rayos de luz habían comenzado a entrar por las ventanas para producir delicadas sombras en las paredes. El día se estaba acercando, pero Nash no deseaba que fuera así. Quería que el tiempo se detuviera un poco más.

Mientras observaba cómo Lorelei dormía, Nash se sintió casi como si hubiera atrapado una ninfa salvaje de los bosques para seducirla en su cama. Ella era tan delicada... Tenía que ser manejada con cuidado. Eso debería despertar señales de alarma en su cabeza.

La sonrisa que había tenido en los labios hasta entonces se desvaneció. Tan solo horas antes, se había dicho que simplemente iba a saciar su apetito. Había dado por sentado que el interés que sentía por ella estaba acicateado por la atracción sexual que sentía hacia el cuerpo de Lorelei, como le había pasado con docenas de otras mujeres a lo largo de los años.

Sin embargo, había algo más. Deseaba marcarla para que los otros hombres supieran que era suya y no se atrevieran a reclamarla.

Resultaría fácil acariciarla para despertar su cuerpo y gozar de nuevo con ella del placer que habían estado disfrutando a lo largo de toda la noche. Su propia energía lo había sorprendido. Jamás había dudado de su potencia sexual, pero lo de la noche anterior había sido... raro.

Como la mujer.

Le acarició los delicados rizos que le caían sobre el rostro. Ella sonrió en sueños y, lentamente, abrió los ojos. Permaneció allí, inmóvil, mirándolo. La sonrisa se le desvaneció un poco justo cuando conectó su mirada con la de Nash. Entonces, levantó la mano y comenzó a acariciarle suavemente la mandíbula como si, al igual que él, estuviera perpleja por lo que le estaba ocurriendo.

–¿Ha amanecido ya? –le preguntó ella.

–Todavía no.

Lorelei levantó la cabeza. Tenía una expresión somnolienta en los ojos y los labios henchidos por los besos. Parecía tan delicada que Nash decidió que sería un bruto si decidiera iniciar cualquier cosa..

Ella se sentó lentamente. Entonces, retiró las sábanas y los dejó destapados a ambos. Los ojos le brillaban.

–Bien –dijo ella.

Entonces, lentamente y con labios de seda, comenzó a depositar una hilera de besos desde el centro del torso de Nash hacia abajo, por encima del abdomen y más allá, hasta que él agarró la sábana y se olvidó de todo a excepción de aquello.

Lorelei examinó su reflejo en el espejo del cuarto de baño. Se había peinado lo mejor posible con el peine que llevaba en el bolso. Dudó sobre si pintarse los labios porque la mujer que la miraba desde el espejo no necesitaba maquillaje alguno.

Relucía.

Un suave rubor rosado le teñía las mejillas. Los ojos le brillaban. Su boca tenía un aspecto francamente sensual. Tenía el aspecto de una mujer que se lo ha pasado muy bien.

Miró el resto de su apariencia. No había nada peor que tener que ponerse ropa del día anterior, pero eso no lo podía evitar. Al menos, no llevaba un traje de noche.

Se volvió a mirar en el espejo con menos seguridad. Aquella era la primera vez para ella. Jamás había pasado la noche con un hombre con el que no tuviera relación. Tenía mucho cuidado con su vida amorosa. Los hombres tenían que esforzarse mucho antes de caer en su cama. Como hija de Raymond St James había visto muchas mujeres haciendo precisamente eso y no quería seguir su ejemplo.

A pesar de todo, no se arrepentía de la noche anterior, aunque sí de las lágrimas. Ojalá no hubiera llorado. Sin embargo, ya no podía evitarlo.

Cuando salió del baño, se encontró con Nash hablando por teléfono en el balcón. Le sorprendió verlo con un traje italiano que le sentaba como un guante. Tenía un aspecto poderoso, de un hombre de éxito y allí estaba ella, con el cabello mojado y la ropa del día anterior. Eso era empezar el día con desventaja.

Se acercó a él con el deseo de deslizar los brazos bajo aquel traje tan impecable y tan caro, pero no lo hizo. A pesar de lo ocurrido la noche anterior, era consciente de que no habían hablado de lo que ocurriría después. No tenía ni idea de qué terreno pisaba con él.

Por lo tanto, se conformó con ponerse de puntillas y darle un beso en la mejilla. Nash sonrió, pero no hizo ademán de terminar con su conversación.

Cuando por fin acabó de hablar, lo único que le preguntó fue:

–¿Estás lista? Te llevaré a casa.

Lorelei no pudo explicar la desilusión que le corrió por las venas, a pesar de que resultaba razonable que él tuviera prisa. Eran ya más de las ocho. Seguramente le esperaba un ajetreado día de trabajo. Ella misma tenía que estar en el picadero a las diez. Eran adultos, tenían vidas de las que ocuparse...

–Bien –dijo ella inyectando una alegría en la voz que distaba mucho de sentir–. ¿Puedo conducir?

Nash se metió el móvil en el bolsillo y le guiñó un ojo.

–No.

Hasta que no estuvieron de camino a su casa, Lorelei no se dio cuenta de que la pasión de la noche anterior se había esfumado. Nash era ya tan solo un hombre de negocios preocupado, tenso por el día que le esperaba. Resultaba evidente que la llevaba a casa y que, con eso, se había terminado lo que había entre ellos.

Se dijo que era una mujer adulta. Ninguno de los dos había realizado promesa alguna y, en realidad, no estaba en condiciones de abrir su vida a nadie en aquellos momentos.

De repente, Nash comenzó a hablar.

–Hoy y mañana tengo reuniones. De hecho, voy a estar bastante liado los próximos días. ¿Qué te parece si te llamo la semana que viene? Podríamos pasar algún tiempo juntos.

Durante un instante, Lorelei no supo qué decir, pero, de repente, lo que Nash le ofrecía no le pareció suficiente.

–Sé que no es lo ideal después de lo de anoche, pero, en estos momentos, tengo mucho entre manos, Lorelei. No estaba esperando esto.

Ella tampoco. ¿Por qué había pensado que podía hacer algo así sin sufrir por ello?

–También podrías llamarme tú a mí –concluyó él.

Lorelei lo miró. No. Ella no podía llamarlo. ¿Cómo podía Nash pensar que podría llamarlo?

–¿Sí?

Nash la miró fijamente.

–¿Cuál es el problema?

–*Rien...*

–Está bien –dijo él, tras mirar el reloj que llevaba en el brazo izquierdo–. Yo te llamaré a ti.

–Hazlo –replicó ella fríamente mientras miraba por la ventana.

–¿Qué se me ha pasado por alto aquí? –preguntó él.

Lorelei decidió que tal vez ella jamás había tenido una aventura de una noche antes, pero ciertamente no iba a hacer el ridículo aireando sus sentimientos en aquellos momentos. No. Ella era una St James. No iba a montar una escena. Por el tenso silencio que mantenía Nash, evidentemente él así lo estaba esperando.

Nash apenas había detenido el coche cuando ella comenzó a abrir la puerta. Lorelei lanzó una maldición. Sabía que si no se bajaba del coche lo suficientemente rápido terminaría por hacer el ridículo. La puerta cedió por fin y ella salió corriendo.

–Lorelei.

La voz de Nash era urgente, la voz que ella imaginaba que utilizaría con su equipo y no el tono de voz que se utiliza con una mujer a la que se ha tenido entre los brazos y a la que se le ha hecho el amor.

¿Hacer el amor? Había sido sexo. ¿Qué otra cosa podía ser? No se conocían. Ella era una necia por haber esperado otra cosa.

–¿Quieres que entre contigo? –le preguntó.

–¿Para qué? –le espetó ella.

Salió del coche y lo cerró de un portazo. Mientras se dirigía rápidamente hasta la puerta principal de la casa, vio un enorme candado que impedía abrirla. ¿Qué diablos era aquello?

Tiró de él y lo golpeó con fuerza a pesar de que sabía que no le iba a servir para nada. Golpeó con fuerza la puerta y bajó la cabeza. Comprendió que al final había ocurrido lo que más temía.

Vio el sobre metido por debajo de la puerta. Se arrodilló y lo recogió para abrirlo. Leyó lentamente las palabras. ¿Era aquello legal? Lo peor de todo era que no lo sabía. Debería haberlo averiguado. Debería haber estudiado todas las posibilidades.

¿En qué había estado pensando durante los últimos meses? Había estado bloqueando la realidad en vez de hablar con las personas que podrían haberla ayudado. Su abogado, su contable, sus amigos... ¿Y dónde había estado el día anterior cuando todo aquello estaba ocurriendo? Persiguiendo a un hombre. Acostándose con un hombre que no sentía nada por ella.

Se dio cuenta de que estaba temblando. No. Podía ocuparse de aquello ella sola. Solo necesitaba pensar con lógica.

Terese y Giorgio.

Ellos sabrían lo que había ocurrido allí.

Metió la mano en el bolso y sacó su teléfono, el teléfono que llevaba días ignorando.

Tenía varias llamadas perdidas de los Verruci y un mensaje de Terese. Había rescatado a Fifi.

Tras meter el móvil en el bolso, se desmoronó sobre el suelo con la espalda aplastada contra la puerta. Lo que más temía había ocurrido por fin. Su decisión por retrasar lo inevitable, por ignorar lo que ocurría la había llevado hasta aquel punto.

De repente, oyó pasos y levantó lentamente la mirada.

Nash.

La situación acababa de empeorar. ¿Sería posible que alguna vez tuviera un desastre personal y que no tuviera aquel hombre para ser testigo de ello? Rápidamente se puso de pie.

–Lorelei, ¿qué es lo que está pasando aquí?

–*Rien* –respondió mientras se dirigía hacia él para tratar de impedir que él se acercara a la puerta.

–Dímelo con claridad. No me gustan los juegos

–Bien. Se acabaron los juegos –replicó ella–. Nos hemos divertido. Quiero que te vayas –le dijo mientras le indicaba su coche.

–¿Por qué estás temblando? –insistió él. Le colocó la mano sobre el brazo y se lo agarró con fuerza.

–Yo no... Yo...

Demasiado tarde. Lorelei estaba temblando tan violentamente que pensó que se iba a caer. Sin decir una palabra, él la tomó entre sus brazos.

–¿Qué diablos? –exclamó él. En ese momento, Lorelei supo que había visto el candado–. ¿Qué es lo que está pasando, Lorelei?

–Me han desahuciado –susurró ella–. El banco ha ejecutado mi hipoteca. Creo que eso ocurre si uno no afronta los pagos.

–¿Hipoteca? –repitió él. Se alejó de ella y se colocó las manos en las caderas–. Dijiste que habías heredado esta casa de tu abuela.

–He tenido algunas deudas. Tenía que conseguir dinero de algún modo.

Vio que Nash se daba cuenta del sobre que había junto a su bolso y, antes de que pudiera hacer nada al respecto, él ya lo había recogido. Sintió que el alma se le caía a los pies. Él no dijo nada. Se limitó a leer el contenido del documento.

–No has pagado la hipoteca desde hace seis meses –dijo por fin.

–*Non*.

–¿Tienes algún sitio al que ir?

–*Ah, oui...* Por supuesto –respondió ella tratando de recobrar la compostura.

Tras contemplarla durante un instante, Nash se inclinó para recoger el bolso del suelo. Se lo entregó a Lorelei.

–Vamos al coche.

–*Pourquoi?*

Nash la miró muy elocuentemente. Entonces, Lorelei dudó, aunque tan solo durante un instante. Se dirigió hacia el coche con él y dejó que él le abriera la puerta.

–No tienes por qué hacer esto –dijo.

–Considera que lo hago porque soy un caballero –respondió él. Parecía enojado–. Entra.

Ella obedeció. Agarró con fuerza su bolso. En aquellos momentos, aquello era lo único que tenía. Nash tenía la carta. Estaba aún en el exterior del coche haciendo una llamada por teléfono. Parecía muy tenso. Ella no podía culparle. Aquél no era su problema.

Minutos más tarde, se montó también en el vehículo.

–Si pudieras dejarme en la ciudad... –susurró ella.

–Sí, supongo que podría hacer eso –replicó mientras arrancaba el motor–. Dime, Lorelei, ¿te cansas alguna vez de tanto drama?

Lorelei estuvo a punto de perder el control.

–No lo sé, Nash –le espetó. Ardía en deseos de darle una bofetada–. ¿Y tú? ¿Te cansas alguna vez de tantas aventuras de una noche?

Sabía que era injusto. Había ido a la casa de Nash con los ojos abiertos.

Él frenó y dio la vuelta. Durante un instante, ella no estuvo segura de lo que él iba a hacer y se achantó un poco.

–Está bien...

Lorelei quería preguntarle lo que iba a hacer. Su perplejidad vino cuando en la autopista él se desvió a la derecha.

–Por aquí no se va a la ciudad.

–No.

–¿Por qué vamos al aeropuerto?

–Nena, las reuniones que tengo hoy no van a tener lugar sin mí. Tengo que tomar un vuelo y el avión lleva media hora preparado.

Lorelei tardó un instante en comprender lo que iba a ocurrir.

–¿Me vas a llevar contigo?

–Lo has comprendido a la primera.

–No puedo marcharme así. Tengo que hacer algo sobre esto –dijo señalando el sobre.

–Resulta evidente que no has hecho nada al respecto desde hace mucho tiempo. No creo que unos días más vayan a cambiar mucho la situación.

Lorelei quería pegarle, no solo porque estaba imponiendo sus deseos sobre ella, sino porque Nash tenía razón. No había cuidado de lo que era suyo y aquel era el precio a pagar. Sin embargo, no iba a marcharse con él a París bajo ningún concepto...

De repente, se dio cuenta de que Simone, su mejor amiga, estaba en París. Podría quedarse con ella y capear desde allí el temporal.

–Bien –dijo secamente–. Accedo a ir a París contigo.

–¿París? –le preguntó él con perplejidad–. ¿Quién ha dicho nada de ir a París?

–¿Adónde me llevas entonces?

–A Mauricio.

Sol. Arena blanca. Mares de color turquesa... El paraíso.

–No tengo ni equipaje ni pasaporte ni ropa –protestó ella al mismo tiempo que empezaba a rebuscar en el bolso–. Ah, *oui*. Sí que tengo mi pasaporte –añadió. ¿De verdad que iba a volar a Mauricio?

Nash le dedicó una mirada que ella reconoció de la noche anterior.

–No necesitas equipaje ni ropa. No te vas a levantar de la cama, muñeca.

Lorelei entornó la mirada.

–¿Y eso?

Nash sonrió.

–Por si acaso aún no te ha quedado claro, Lorelei –dijo–, lo de anoche no fue simplemente una aventura sin más.

Capítulo 11

LORELEI se quedó atónita por la belleza natural de la isla que contemplaba desde el avión. Las montañas se erguían contra un cielo azul y la selva que se extendía a sus pies tenía un aspecto oscuro y misterioso. Por el contrario, el mar ofrecía un maravilloso color azul turquesa.

–¿Qué es lo que cultivan ahí abajo? –le preguntó a Nash.

–Son plantaciones de caña de azúcar. Es una gran parte de la economía, aparte del turismo.

–Supongo que tú no has venido a cosechar azúcar –comentó ella en tono algo insolente.

Nash no le había hablado de casi nada durante el largo vuelo. Se había puesto a trabajar mientras que Lorelei se ponía a ver películas para olvidarse del problema que había dejado en su casa. No obstante, el hecho de que él tuviera el brazo sobre el respaldo del asiento que ella ocupaba indicaba que Lorelei era bienvenida en aquel viaje. Simplemente, Nash no era la clase de hombre que compartiera detalles personales o laborales con nadie.

–Mis reuniones no tienen nada que ver con nosotros –comentó como si no tuviera que decir nada más.

El sentimiento que Lorelei había tratado de contener desde que él tomara la decisión de llevársela contra su voluntad volvió a surgir en ella. Lo peor de todo era que sabía que se había acarreado ella sola todos sus problemas por esconder la cabeza en la arena durante meses. No era solo eso. Además, tenía que ver con la intimidad y con saber que lo que habían compartido para él no era igual.

De repente, se sintió furiosa consigo misma.

—Maldito seas, Nash Blue. No necesito que me rescates. Ni tú ni nadie.

Nash la miró fijamente, con la tensión reflejada en cada línea de su cuerpo.

—¿Es eso lo que crees que es?

—¿Y qué otra cosa podría ser?

—Ya te dije que esto no ha sido una aventura de una noche... lo cual supuse que era lo que te estaba molestando. Además, debo añadir que eso jamás fue mi intención.

—*Bonne chance* con eso, porque yo no tengo intención alguna de compartir tu cama —replicó con la cabeza muy alta.

Nash la miró como si estuviera diciendo tonterías.

—Estoy empezando a sospechar, Lorelei, que esto no tiene nada que ver conmigo, sino contigo. ¿Tengo que pensar que los hombres con los que has salido en el pasado no te han tratado demasiado bien?

Lorelei se sintió acorralada.

—Mis relaciones no son asunto tuyo —dijo—. Yo no te he preguntado sobre las otras mujeres, de las que estoy segura que ha habido demasiadas.

—Posiblemente.

Lorelei lanzó un bufido. No quería pensar en la lista de conquistas de Nash.

La suya era bastante reducida, pero él no tenía por qué saberlo. Su puñado de novios consistía en un artista, un poeta, un escritor y un músico. Este último rompió con ella hacía ya dos años, justo cuando la muerte de su abuela y el arresto de Raymond estallaron en la vida de Lorelei. La verdad era que se lo agradecía, porque no estaba segura de que el músico pudiera haberle servido de apoyo a lo largo de la crisis. Ese era su papel en las relaciones. Ella proporcionaba el apoyo y la fuerza emocional. Era, en efecto, lo que siempre había sido con su padre, la adulta.

Como había vivido muchas relaciones desiguales, había decidido que ella siempre tendría la última palabra y llevaría las riendas. Se mantendría independiente y fuerte.

Por eso, todo lo que le estaba ocurriendo con Nash le asustaba profundamente. Él era dominante, rico y el que, decididamente, llevaba las riendas en aquellos momentos. A su lado, Lorelei se sentía muy vulnerable.

—Yo tengo algunas reglas —dijo—, y espero que tú las cumplas.

—Me muero por escucharlas —repuso él.

—No seas condescendiente conmigo, Nash. Quiero dormitorios separados.

Él la miró asombrado.

—Simplemente me da la sensación de que entre nosotros existe mucha desigualdad. No soy un juguete para que tú puedas jugar, Nash.

—¿En qué sentido te he tratado yo como si fueras un juguete?

—No necesito equipaje. No necesito ropa. No me voy a levantar de la cama —dijo ella imitando amargamente sus palabras.

—¡Era una broma!

Ella apartó la mirada y se concentró una vez más en la vista que hasta, hacía unos minutos, la había tenido hipnotizada.

–Y no me vuelvas a llamar muñeca.

–¿Cómo dices?

Lorelei giró la cabeza para mirarlo. Estaba furiosa.

–No me gusta que me llamen muñeca. Una muñeca es algo que se mete en una caja cuando uno ha terminado de jugar o se deja encima de una estantería como si fuera un trofeo.

Nash se quedó en silencio. La estaba mirando como si no la estuviera entendiendo.

–¿Has terminado?

–No. Anoche cuando fui a tu apartamento, no me imaginé bajo ningún concepto que terminaría al día siguiente contigo en Mauricio.

–Dado que no te había dicho que me iba a venir a Mauricio, estoy más que seguro de ello.

–No soy esa clase de persona.

–¿Te puedo preguntar a qué clase de persona te refieres?

–A la que se apoya en los demás.

Nash soltó una carcajada.

–Me alegra que te resulte tan divertido –dijo ella secamente–. Te aseguro que a mí no me divierte nada de esta situación.

Lorelei estaba harta. Se cruzó de brazos y desvió la cara.

–Lorelei –la llamó él, pronunciando su nombre con infinita paciencia–, me disculpo por no haberte dicho anoche que me tenía que marchar.

–Disculpas aceptadas –replicó ella. Se preguntó si podrían volver a empezar, si ella podría volver a sentirse sexy e inalcanzable en vez de sentirse frustrada y enojada porque llevaba aún las ropas del día anterior y él no la había besado ni una sola vez desde que se levantó de la cama aquella mañana.

–Y no te considero una carga.

Ella hizo un gesto con la mano como quitándole importancia a lo que él le había dicho.

–¿Tiene esto que ver con tu padre?

Ella lo miró a los ojos por fin.

–Nunca hablo sobre mi padre.

Nash la miró durante un instante y luego asintió.

–Si eso es lo que deseas...

No. No era lo que deseaba. Quería culpar a Raymond a voz en grito por la situación que su padre le había dejado, pero nada de todo aquello tenía que ver con Nash. Hasta aquel entonces, se había ocupado ella sola de sus problemas. Seguiría haciéndolo así.

«En realidad, no te estás ocupando de nada, Lorelei», le dijo una vocecilla desde el interior de su cabeza. «Estás volando sobre África con un hombre que te encanta y te aterra al mismo tiempo porque ha visto en qué lío estás medita y te está tratando de ayudar».

De repente, se estaba empezando a sentir desagradecida e infantil.

Sospechaba que una gran parte de ella estaba tratando de encontrar algo que la ayudara a apartar la atención de lo que, intencionadamente, trataba de olvidar: el problema que se había dejado en Mónaco. Un problema que, para empezar, no le pertenecía.

Sospechaba que su empeño por ocultar ese problema la había empujado a no tener relación alguna desde el arresto de Raymond. A distanciarse de sus amigos.

Debería distanciarse también de Nash, en especial por el hecho de que él se mostrara tan misterioso sobre su presencia en Mauricio. El problema era que no podía separar mente y cuerpo. Sus sentimientos estaban implicados, tal y como se había demostrado la noche anterior. Si se volvía a acostar con él, se abriría más también y terminaría por haber consecuencias.

–Entonces, ¿esas misteriosas reuniones te van a mantener ocupado todo el tiempo? –dijo para tratar de cambiar de tema.

–No todo. Sin embargo, te aseguro que no te aburrirás, Lorelei.

–*Non?* –replicó ella sabiendo exactamente lo que él estaba implicando–. Estoy segura de que la isla ofrece muchas atracciones para los turistas.

Inesperadamente, él tiró del rizo rebelde que siempre le caía por la frente y se lo colocó cuidadosamente detrás de la oreja.

–¿Aún sigues enfrentándote a mí, Lorelei?

Ella apartó la mirada para volver a centrarse en el paisaje. No. No se estaba enfrentando a él. Y ese era precisamente el problema.

–No me puedo creer lo bonito que es todo –comentó ella mientras avanzaban por una carretera junto a la costa en un Jeep.

Desde el momento en el que se montaron en el todoterreno, fue como si Lorelei hubiera decidido dejar de pelearse con él. Resultaba imposible no admirar el paisaje mientras charlaban. La carretera estaba flanqueada por altas palmeras y las flores tropicales crecían por todas partes.

–Me has traído al paraíso.

Nash sonrió. Por fin le gustaba cómo iban las cosas.

–Considéralo parte del servicio –respondió él.

Ella le dedicó una radiante sonrisa, que le sorprendió por lo bien que le hizo sentir.

Quería que ella fuera feliz. No le gustaba verla apesadumbrada y triste por un peso que llevaba cargando demasiado tiempo. Sospechaba que lo que le ocurría tenía que ver con su padre. Podría sugerirle que cortara todos los vínculos con él, tal y como el propio Nash había hecho hacía años con el suyo, pero dudaba que Lorelei le diera las gracias por ello.

Mientras avanzaban por la carretera pasaron junto a un lujoso complejo vacacional, y vio la admiración con la que Lorelei contemplaba todo lo que les rodeaba. Era un destino famoso en todo el mundo, pero, para eso, habría sido mejor que no hubieran abandonado Mónaco. No era su lugar favorito. Exudaba glamour y elitismo.

–Si quieres nos podemos alojar en este resort –comentó mientras pasaban por delante de la ostentosa entrada–, pero tengo una casa en la playa. Es mucho más íntimo.

–*Naturellement*. Lo preferiría –dijo ella con una sonrisa.

Incapaz de creerse lo bien que se sentía, Nash apretó el acelerador. Lorelei contuvo la respiración cuando vio que se introducían en la selva tropical.

–Esto es maravilloso –susurró contemplando la bóveda de ramas que los rodeaba.

La casa de Nash estaba al lado de la playa, una entre varias exclusivas casas a lo largo de aquella exclusiva zona de playa. Nash la había diseñado personalmente junto con un arquitecto. El objetivo era llevar la selva hasta la puerta de la casa y el océano hasta las ventanas.

–Es una casa preciosa, Nash. Tienes mucha suerte de tener algo tan hermoso.

–¿No es demasiado moderna para ti, Lorelei?

–Me encantaría vivir en una casa como esta.

–Entonces, ¿por qué vives en una casa de estilo victoriano?

La animación desapareció en parte del rostro de Lorelei.

–Mi *grandmaman* quería que la tuviera.

–Podrías venderla.

Ella se dio la vuelta y se dirigió hacia una de las ventanas, desde la que se veía una maravillosa vista del mar. Nash se acercó a ella y le rodeó la cintura con las manos. Lorelei se sobresaltó, como si ya no estuviera acostumbrada a sus caricias. Esto hizo que Nash se sintiera mucho más posesivo, pero ella le apartó las manos y se alejó.

–¿Por qué no la vendes? –insistió él.

Lorelei se encogió de hombros.

La frustración se apoderó de él. Pensó en el hecho de que, un par de horas más tarde, estaría sentado para cenar con los representantes de Eagle, a los que conocía desde hacía mucho tiempo. Al principio, había pensado que Lorelei podría entretenerse sola mientras él se ocupaba de sus asuntos.

Sin embargo, los hombres con los que se iba a reunir iban a acudir con sus esposas. El problema era que si se llevaba a Lorelei ella se enteraría de lo que se traía entre manos antes de que lo publicara la prensa.

Lanzó un gruñido de frustración y se mesó el espeso cabello con una mano.

–Me voy a reunir para cenar con unos amigos a las ocho. He hecho que me envíen algo de ropa para ti. Supongo que la encontrarás en el armario.

Ella se volvió y le sonrió.

–*Merci beaucoup*. Es muy amable de tu parte.

Nash estuvo a punto de echarse a reír. En aquello, Lorelei no le había presentado oposición alguna, a pe-

sar de que llevaba oponiéndose a aquel viaje desde que
se había levantado de su cama aquella mañana.

No la comprendía. Tampoco se comprendía a sí
mismo cuando estaba con ella. Cuando la montó en el
Blue 16 solo había estado pensando en una noche. Sin
embargo, desde aquella mañana lo único que podía
pensar era en cuándo volverían a estar juntos de nuevo.

Lorelei se acercó a las puertas que daban al embar-
cadero.

—Nash, ¡tienes el mar a la puerta!

—Es una cuestión de perspectiva. Hay por lo menos
diez metros hasta la orilla y, además, esa agua perte-
nece en realidad a una laguna.

—Es precioso —dijo ella mirándolo con el rostro lleno
de alegría.

Nash no se pudo resistir y le acarició el cabello.
Todo en ella era delicado y suave. Sí, efectivamente
quería conocerla mejor.

Sin embargo, no buscaba una relación. Debía considerar aquello como una recompensa antes de que se
encerrara para entrenar. Si lo miraba así, todo sería sa-
tisfactorio para ambos. El encanto que parecía habitar
en la sonrisa de Lorelei tenía que ver con la luz tropical y la noche que los esperaba. Por una vez, decidió
dejarse llevar y aceptar la magia.

—Sí, es precioso —respondió mientras le enmarcaba el
rostro con una mano. Por fin, ella se abrió lo suficiente
como para permitirle que la besara—. Después de ti.

La besó. La suavidad de sus labios, la dulzura de
su aliento... La magia volvió a surgir entre ellos. En
aquel momento, Nash supo que se la llevaría a cenar.

—Entonces, ¿tengo que ser tu muñeca sexual?

Nash adquirió una expresión neutral cuando Lorelei salió de la habitación principal con un pequeño trozo de encaje colgándole del dedo meñique.

Había hecho que el ama de llaves de la casa se ocupara de conseguirle ropa de varias boutiques que había en el resort. Le había dado una idea aproximada de la talla y había enfatizado que debía ser sexy. Evidentemente, las dependientas de las boutiques habían interpretado sus requerimientos con la frase de «menos es más». Y Nash no se quejaba.

Lorelei estaba en la puerta con gesto contrariado, aunque en realidad parecía estar conteniendo la risa.

Tenía un aspecto sensacional con un vestido de gasa de seda naranja hasta los tobillos, con un escote de vértigo bordado con pequeños cristales. El escote le llamó la atención. La boca se le secó.

Un instante después, notó que ella se había recogido el cabello de un modo muy sofisticado y que llevaba unos pequeños pendientes de cristal. La imagen de diosa de hielo que tenía delante y la sensual ropa interior que llevaba colgada del dedo consiguieron que, por fin, apartara la vista del escote.

—Puedes ser lo que quieras ser –le corrigió él mientras se acercaba a ella–. Podrías tratar de ser tú misma.

—Estoy siendo yo misma –replicó ella.

Nash le quitó el encaje de la mano.

—En ese caso, no hay problema. He visto tu lencería, Lorelei. Te pones mucho menos que esto.

—En estos momentos no llevo nada puesto, pero me habría gustado poder opinar al respecto.

Nash se quedó con la mente en blanco.

—Estás muy elegante –añadió ella.

Él trató de recuperar el control.

—Es el traje.

Lorelei sonrió, como si supiera muy bien lo que ocurría.

—¿Nos vamos?

El restaurante estaba al aire libre, en la playa. El ritmo de la música local proporcionaba el ambiente. Lorelei tomó un sorbo de agua helada. Se sentía demasiado nerviosa como para arriesgarse a tomar champán. En las fiestas a las que ella acudía o las que organizaba, conocía muy bien las reglas. Allí estaba fuera de su ambiente.

La mesa estaba ocupada por varias parejas, todos ellos relacionados con el mundo del automovilismo. Había un piloto ya retirado, Marco Delarosa. Era tan famoso que Lorelei reconoció su rostro al instante.

Aquel era el mundo de Nash. Lorelei no estaba del todo segura de qué estaban hablando hasta que se dio cuenta de que Nash estaba hablando de volver al mundo de las carreras.

Nicolette Delarosa se lo confirmó cuando le dijo:

—Tenemos que formar nuestro propio equipo. Al menos así podríamos formar parte de la conversación.

De repente, Lorelei lo comprendió todo. Nash estaba preparando su retorno. Con Eagle. Por eso se escondía tanto de los medios. Por eso había cancelado su cita. Y ella formaba parte de aquella mesa y del secreto.

Sin poder comprender por qué, se sintió intranquila.

Buscó refugio en Nash. Él parecía muy relajado porque estaba entre amigos. Aquello no se parecía en nada a lo que ella se había imaginado. No la estaba tratando como a un trofeo, tal y como ella se había te-

mido. Con sus amigos, dejaba de ser distante y mono-
silábico, tal y como Simone había dicho de él, para
mostrarse relajado y divertido.

Sus espesas pestañas amortiguaban el impacto de
aquellos ojos. Aunque estaba escuchando a Delarosa,
Lorelei sabía que estaba pendiente de ella. Lo había
estado toda la tarde.

Como si sintiera lo que ella estaba pensando, la
miró. Lorelei sintió que el pulso se le aceleraba. Estaba mirándola como si estuviera completamente desnuda en la cama, debajo de él...

Los demás se percatarían... sabrían...

El murmullo de la conversación se detuvo. De repente, se produjo un increíble silencio. Parecía ocurrir
entre ellos una y otra vez... Entre ellos parecía surgir
una fuerza, un impulso primitivo que la estremecía
cuando estaba entre los brazos de Nash. Solo entre sus
brazos. Solo con él...

¿Qué estaba pasando? No podía estar enamorán-
dose tan profunda y tan rápidamente de aquel hombre.

Para deshacer aquel embrujo, se recordó que Nash
era una figura pública por su carrera. Estaba a punto
de volver a competir. ¿De verdad quería ser la mujer
que él llevara del brazo? ¿Enfrentarse a aquella clase
de intromisión en su vida privada?

–Lorelei St James –dijo una de las otras mujeres–.
Ya sabía yo que ese nombre me resultaba familiar.

De repente, todos quedaron pendientes de ella.
Nash le apretó con fuerza la mano por debajo de la
mesa.

–*Pardon?*

–Tiene que hacer más de diez años ya, pero re-
cuerdo haberte visto en el Mundial de Hípica.

Lorelei respiró aliviada.

–*Ah, oui...* Hace muchos años de eso.

–Yo también monto. Mi familia cría caballos árabes.

Sintió que Nash le acariciaba la palma de la mano y que encontraba de nuevo las durezas que tenía en ella. De repente, se sintió muy expuesta, pero decidió controlarse y seguir sonriendo a la mujer. Responder. Hablar de los méritos de cada raza.

En el exterior, algunas parejas habían empezado a bailar. Nash se levantó de repente e interrumpió la conversación de la mujer. Se levantó y ofreció la mano a Lorelei.

–¡Qué buena idea! –exclamó otra de las mujeres.

Lorelei acompañó a Nash al exterior. Cuando él la tuvo entre sus brazos, le miró las palmas de las manos. Ella se lo permitió.

–¿Por qué no me lo contaste? –le preguntó. Parecía realmente sorprendido.

–Jamás me lo preguntaste.

–Tienes razón. No te lo he preguntado, pero te lo estoy preguntando ahora.

Ella tiró de la mano. Nash se la soltó.

–¿Te molestan los callos?

–No son muy femeninos.

–No estoy de acuerdo. Tienes unas manos capaces –comentó él mientras le rodeaba la cintura con las suyas.

–Eran mi don...

–¿Tu don?

–Yo competía. Montaba en concursos hípicos y en exhibiciones. Era bastante buena.

–¿Cómo de buena?

–Bastante. Tenía un nivel internacional.

Nash dejó de bailar y la miró con asombro.

–Te he sorprendido –susurró ella.

–No. Me has impresionado. Pero has dicho que montabas. En pasado. ¿Por qué lo dejaste?

–Tuve un accidente. Me cuesta estar mucho tiempo sobre la silla.

–¿Cómo ocurrió?

–Yo tenía veintidós años. Me caí en un salto y el caballo también. Se me cayó encima.

Nash se quedó completamente inmóvil.

–Sobreviví, evidentemente –comentó ella–. Me tuvieron que operar varias veces y tuve que hacer mucha rehabilitación, pero puedo montar de nuevo, aunque no competir.

–¿Cuánto tiempo tardaste en recuperarte?

–Dos años.

–Vi las marcas que tienes en las caderas.

Lorelei lo miró a los ojos. Se había dado cuenta. Eran tan tenues... ¿Le resultarían poco atractivas?

–Todos tenemos cicatrices, ¿no? Forma parte de la vida.

Nash la sorprendió colocándole las manos sutilmente sobre las caderas.

–Tú ocultas las tuyas muy bien.

–¿Y tú? –le desafió ella–. ¿Dónde tienes tus cicatrices?

Él la miró a los ojos.

–Las llevo puestas para que las vea todo el mundo –respondió él–. Cada vez que participo en una carrera.

Había hablado en presente. Lorelei quiso preguntarle al respecto, pero Nash se inclinó y le dijo al oído:

–¿Y tu padre? ¿Es realmente un gigoló?

Lorelei se apartó de él y se dispuso a marcharse. Sin embargo, Nash la tenía bien agarrada por la cintura.

—Ese tema te molesta, ¿eh?

—Es el mejor de la Riviera —le espetó ella.

—Ya está. No resulta tan difícil hablar al respecto, ¿verdad?

—¿Has terminado?

—Simplemente me estoy preguntando cuántos secretos más escondes —dijo él. Comenzó a bailar ligeramente.

Lorelei apartó la mirada.

—Ninguno que te pueda interesar.

—Al contrario, Lorelei. Me da la sensación que me va a interesar todo. Vamos por tu echarpe.

—No comprendo. ¿Adónde vamos?

—¿Adónde te parece a ti?

Capítulo 12

ESTABAN caminando por la playa. Lorelei se detuvo y se quitó los zapatos y luego se los arrojó a Nash. Él se agachó.

—Esta noche has manejado bien a mis amigos –le dijo él.

—No estaba manejando a nadie –respondió ella–. Simplemente estaba siendo yo misma, aunque tú no sabes nada sobre eso.

Nash se acercó a ella.

—Resulta difícil abrir las carteras, ¿verdad?

Ella se detuvo en seco.

–¿Por qué lo dices como si yo tuviera otros motivos?

—Estoy seguro de que cuando estabas en el yate de Andrei Yurovsky el verano pasado pensabas tan solo en el interés de la fundación –respondió él–. Y cuando estabas en Nueva York con Damiano Massena a principios de año seguro que fue por motivos exclusivamente benéficos.

Lorelei parpadeó con incredulidad.

—Estás celoso –dijo asombrada.

—No, nena. No estoy celoso. Territorial, más bien. Hay una diferencia.

—Yo no soy un país, Nash –replicó ella fríamente–. No puedes invadirme y colocarme tu bandera.

—Puedo hacer lo que me venga en gana.

Le había agarrado la muñeca. No estaba seguro de cómo había ocurrido. Solo quería respuestas. A pesar de que se había convencido de que no quería nada profundo con ella, un fuerte sentimiento de posesión se había despertado en él cuando Lorelei, por casualidad, admitió que había sido jinete profesional.

Ella lo ocultaba todo y eso que Nash había creído que él era un experto en ocultar sus sentimientos más íntimos. Lorelei podía enseñarle algunas cosas.

–Estás implicando que me acuesto con los hombres por dinero –replicó ella con voz gélida–. En realidad, no creo que podamos seguir tú y yo, ¿no te parece? Ahora, quítame las manos de encima. Me voy a casa para irme a la cama.

Nash negó con la cabeza.

–¿Es que no vas a soltarme?

–Primero, quiero que me expliques esa fiesta que celebraste la otra noche.

–¿Por qué te importa? –preguntó ella frunciendo el ceño–. ¿Qué es lo que quieres de mí, Nash? ¿Qué es lo que buscas?

–Quiero comprenderte.

Nash no podía comprender de dónde provenía aquella frustración, pero necesitaba respuestas.

La necesidad de arrancarle el vestido y colocarse piel contra piel con Lorelei sobre la cama lo condujo al deseo y al desprecio sobre sí mismo.

–¡Trabajo! –exclamó ella–. Igual que tú. El presidente de la fundación me pide a menudo que organice eventos. A su esposa le resulta muy agobiante y a mí me criaron para hacer estas cosas. Mi *grandmaman*.

–¿Ella ya ha muerto?

–¡Sí, ya ha muerto! ¡Lleva muerta dos años, tres meses y cinco días!

Nash se quedó inmóvil. Las lágrimas llenaban los ojos de Lorelei. De repente, pareció mucho más joven y algo perdida. Dos años... Tenía que ser aproximadamente cuando ocurrió el arresto de su padre. Y ella aún no lo había superado.

–¿Por eso sigues haciéndolo a pesar de que no te lo puedes permitir? ¿De ahí es de donde han salido las deudas?

Lorelei bajó la cabeza. No quería llorar.

–¿Sabe ese hombre los problemas económicos que tienes? –insistió Nash. No quería hacerla llorar, pero si quería ayudarla tenía que saberlo todo.

–No tengo problemas con el dinero, sino con el pago de mis facturas –replicó ella–. Y no, no quiero contarle mis problemas. Ni a ti tampoco.

Con eso, Lorelei se dio la vuelta y echó a correr. Nash salió tras de ella y la alcanzó.

El trayecto de diez minutos que tardaron hasta llegar a la casa fue tenso, pero le dio a Nash tiempo para pensar en todo lo que ella le había dicho. Cuando entraron en la casa, él le preguntó:

–¿Cuánto tiempo creías que podrías ocultarlo?

–Yo no estaba ocultando nada –replicó ella–. Estaba tratando de solucionarlo. A mi manera.

–¿Y has podido hacerlo?

–Bueno, perdóname, pero no todo el mundo es un genio capaz de arreglarlo todo con el chasquido de un dedo.

–¿Qué me has llamado?

–Ya lo has oído. Creo que ya tienes el ego demasiado grande y no debo repetirlo.

Nash quería besarla. Enmarcarle el rostro entre las manos hasta que ella volviera a ser suya.

–¿Quieres que te arregle esta situación?

Ella frunció el ceño.

–¿Puedes contestar?

–No me conoces, ¿verdad? ¿Cómo es que yo sé tanto sobre ti y tú pareces saber tan poco sobre mí?

–Nena, sabes tan solo lo que has oído en los medios de comunicación, y la mayor parte de todo eso es mentira.

Ella entornó los ojos, se dio la vuelta y se dirigió al dormitorio. Entonces, pareció cambiar de opinión y regresó junto a Nash.

–Te diré lo que sé. Eres sorprendente, trabajador y con empuje. Tienes una barrera tras la que te proteges del público, pero cuando estás con tus amigos eres diferente. No impones tus opiniones ni obligas a los demás a estar de acuerdo contigo. Tú tienes una seguridad que yo nunca tendré. Admiro todas esas características tuyas. Sin embargo, lo único que tú admiras sobre mí es mi trasero, y no te rías. No pienso esperar a que a ti te dé la gana despertarte.

Nash se acercó a ella, le enredó las manos en el cabello y la besó posesivamente. Como si hubiera encendido una cerilla junto a un contenedor de gasolina, Lorelei se prendió fuego y se pegó a él, más agresiva de lo que se había sentido nunca. Incluso la primera vez que se besaron, cuando ella tomó la iniciativa, había existido una mínima reticencia en ella, como si sintiera que necesitaba protegerse.

En aquel momento no había barrera alguna. Nash se volvió loco al sentir cómo ella movía la boca desesperadamente contra la de él. La besó, la pegó contra su cuerpo y, tambaleándose, se dirigió a la primera superficie plana que encontró, que resultó ser una de las habitaciones de invitados. Estaba ansioso, como un adolescente. Lorelei también parecía desesperada y se aferraba a él con fuerza.

Nash le deslizó las manos por debajo de la falda y, en aquel momento, recordó que ella iba sin ropa interior. Lorelei gimió y se pegó a él para rodearle las caderas con las piernas. Tenía los ojos abiertos de par en par. Lo que él vio en ellos no fue simplemente deseo, sino también ansiedad.

–Lorelei...

–Nash, tengo miedo.

–No tienes por qué. Yo te sujeto...

Como si aquello fuera suficiente para Lorelei, ella lo besó. Su cuerpo cobró vida bajo el de él de un modo que jamás había ocurrido antes, animando descaradamente a que la poseyera. Nash recordó el preservativo en el último instante. Luego, se hundió profundamente en ella y se aferró a su autocontrol, dado que ella parecía incapaz de alcanzar el orgasmo, o, al menos, no parecía querer llegar. Nash consideró su resistencia no como un desafío sino como incertidumbre por su parte. Entonces, recordó las palabras que ella había pronunciado. «Tú estás seguro de un modo en el que yo jamás lo estaré».

Apretó la frente contra la de ella.

–Mírate –dijo–, tan fuerte, tan salvaje... ¿Te acuerdas cuando le arrojaste los zapatos al de la grúa?

Lorelei se echó a temblar debajo de él.

Nash rozó de nuevo su clítoris y ella se echó a temblar. Él volvió a hacerlo.

–Entonces, lo supe.

–¿Qué... qué fue lo que supiste?

–Que yo jamás te igualaría –susurró moviendo las caderas.

Ella pronunció un sonido, en parte murmullo de aprobación en parte gemido.

–Pensé que ibas a conseguir que nos arrestaran

–Lo... siento...

–No, no tienes por qué –dijo él mientras se movía más rápidamente dentro de ella–. No tienes que arrepentirte nunca. ¿Te acuerdas cuando te llevé de vuelta a tu casa? –le preguntó mientras se incorporaba un poco, para llegar más dentro de ella–. Esto... esto es lo que quería hacer... Allí mismo, dentro del Veyron...

–¿Por qué? –preguntó ella gritando–. ¿Por qué no lo hiciste?

Estaba a punto.

–Por la palanca de las marchas –gruñó justo en el momento en el que los músculos internos de Lorelei se tensaron alrededor de su miembro.

Ella se aferró a Nash con todas sus fuerzas, tirando de él una y otra vez hasta que él alcanzó el orgasmo incontrolablemente y juntos cabalgaron encima de su propio placer.

Nash se dejó caer encima de ella y permaneció así varios minutos. El corazón amenazaba con saltársele del pecho. De repente, se dio cuenta de que entre ellos había algo más en juego. Aquello no había sido simplemente sexo fantástico. Sentía un vínculo con ella que no quería romper. No se quería mover tampoco, pero sabía que tenía que quitarse el preservativo.

Cuando empezó a incorporarse, se dio cuenta de que ella estaba haciendo suaves e indefensos sonidos. De repente, comprendió algo que no había querido reconocer en años. La voz de su padre diciéndole que era culpa suya. Siempre era culpa suya. Debía ser un hombre y no un llorica de cuatro años.

Necesitaba abrazarla. Una parte de su ser le decía que era debilidad lo que estaba en guerra con el hombre que había dentro de él, el que agarraba los hombros de Lorelei para estrecharla contra su cuerpo.

Cuando ella se dejó llevar, experimentó una ternura que amenazó con rendirle por completo. No estaba acostumbrado a ser tan cariñoso, pero, de algún modo, lo fue. Le acarició el cabello y la besó cuando sintió que debía hacerlo.

Lorelei levantó el rostro. No estaba manchado de lágrimas. Los ojos le brillaban. Un intenso rubor le cubría las mejillas. Jamás le había parecido tan hermosa. Además, le sonreía.

–La palanca del cambio de marchas –dijo, riendo como si no hubiera escuchado nunca nada tan divertido

En aquel momento, Nash comprendió que con aquella mujer, solo con Lorelei, se sentía como un verdadero rey.

Lorelei se inclinó hacia delante para permitirle a Nash que probara su helado. Estaba sentada en un muro de la playa y él estaba apoyado de espaldas contra el mismo, entre las piernas de ella. La cabeza le llegaba a la altura de las rodillas de Lorelei.

Más allá, los pescadores estaban lanzando las redes al mar y los niños jugaban junto a la orilla. Los dos habían estado explorando el pequeño pueblo pesquero de Trou d'Eau Douce, allí en la costa este, toda la mañana. Les esperaba el almuerzo, pero Lorelei estaba encantada con quedarse exactamente donde se encontraban. Por el momento.

–Esta ruta turística debe de ser muy aburrida para ti –le comentó ella.

–Sí, estoy más aburrido que una ostra –respondió él mientras le dedicaba una relajada sonrisa.

–¿No tienes reuniones? No has asistido a ninguna. ¿No es esa la razón de que estemos aquí?

–La razón es pasar tiempo contigo –le dijo Nash, como si fuera lo más natural del mundo.

De repente, Lorelei sintió que el mundo le ofrecía mil posibilidades diferentes, todas las cuales conducían a Nash.

Él le había sacado secretos, le había obligado a superar sus miedos y, en consecuencia, algo importante se había abierto dentro de ella. En vez de luz, parecía haber tan solo oscuridad.

Le había hecho el amor toda la noche hasta que su cuerpo pareció un mapa de todos los viajes que Nash había realizado sobre él, cada uno de los cuales parecía hacerla más libre. Era como si su compañía le hubiera ayudado a despojarse de los grilletes del pasado que tanto tiempo había estado arrastrando.

Se estaba enamorando de él y eso podría suponer que no habría vuelta atrás para ella.

La noche anterior, Nash le había mostrado los secretos de su cuerpo, tan intimidante en su perfección, pero que, como ella, contaba sucesos pasados. Tenía marcas por todas partes, cortes y viejas cicatrices de sus años sobre las pistas.

Sin embargo, la noche anterior en la playa, cuando ella había tratado de preguntarle sobre sí mismo, él había desviado su atención abordando el tema más delicado para ella: Raymond. En la cama, lo había hecho de nuevo mostrándole sus cicatrices física y ocultando así hábilmente lo que quedaba debajo.

Se preguntó si él siempre había sido así con las mujeres, si había conseguido despojarlas de todos sus secretos, pero sin contarle ninguno de los suyos.

En realidad, ella se había dado cuenta de que no

quería pensar en otras mujeres ni en su pasado porque no le importaba. Solo quería vivir el momento. Más allá, sin saber lo que se le venía encima, también le asustaba.

—Mi *grandmaman* jamás me dejaba comprar helados cuando yo era una niña —confesó—. Me decía que el helado se debía comer en un plato, con una cuchara y en una mesa. Preferiblemente sin que los codos tocaran ninguna superficie.

—Parece que era un ogro.

—No, en realidad era muy cariñosa. Simplemente tenía sus costumbres. Ella me crio, ya lo sabes, desde que yo tenía trece años y empecé en el internado. Siempre pasaba las vacaciones con ella. Decidió que su misión en la vida era hacerme una persona mejor.

—¿Y qué había que mejorar?

—Mis modales. Yo era una bárbara. No te imaginas —comentó mientras se terminaba a bocados el cono del helado—. Y, evidentemente, sigo siéndolo —añadió riendo—. Tuve que aprender cómo comportarme en público. Mi abuela era muy famosa. La fotografió Cecil Beaton, ¿sabes? Era una mujer muy bella.

—Ya veo de dónde te viene...

—La belleza desaparece —dijo ella encogiéndose de hombros—. Ella habría preferido ser una artista, pero fue una maravillosa mecenas. Nuestra casa estaba llena de artistas, escritores, músicos... Su tercer esposo, mi *grandpère*, le dejó una fortuna y ella pudo crear su fundación, una galería de arte en la ciudad y una organización benéfica para recaudar dinero para causas diversas. Cuando el accidente terminó con mis esperanzas de una carrera en el mundo de la hípica, ella me dio un nuevo objetivo en la vida. Me puso en la junta de la fundación. Llevo allí desde entonces.

–Entonces, esa es tu carrera.

–*Ah, oui*. En ocasiones me lo parece, aunque he tratado de mantener las obras benéficas separadas de mi vida diaria. No siempre me resulta fácil.

Lorelei se detuvo un instante. Acababa de darse cuenta de que se había metido en aguas muy profundas, pero quería hablar al respecto. No se había olvidado de lo que él le había acusado la noche anterior ni de lo que le había dicho en Mónaco cuando canceló su cita.

–A pesar de lo que pienses, Nash, no salgo con hombres con los que tengo relación a través de la fundación. Nunca traspaso esa línea.

–Sí, sobre eso, Lorelei...

Parecía incómodo y eso le agradó a ella.

–¿Sobre eso qué, Nash?

–Te ruego que me perdones.

–¿De verdad?

–Simplemente estaba tratando de comprender cómo vivías tu vida. Estaba... –se interrumpió, como si supiera que, cuanto más dijera, más tendría que decir.

–Tal vez deberíamos dejarlo así, en la disculpa.

–Estaba celoso –afirmó él simplemente–. Pensar en que tú puedas estar con otro hombre me mata.

Nash lo había confesado mirándola a los ojos. Ella sintió vértigo ante el impacto de aquellas palabras. Bajó la mirada.

–¿No tienes nada que decir, Lorelei?

–En ese caso, no lo pienses –dijo ella con una ligera sonrisa.

–No es exactamente lo que yo estaba buscando –respondió él apesadumbrado.

Lorelei estiró la mano y le acarició el cabello.

–Me gusta escucharlo, Nash. Durante el juicio de Raymond, se sugirieron cosas no muy agradables sobre mí en los periódicos. Creo que los periodistas solo estaban buscando carroña.

–Vende periódicos.

–Espero no tener que volver a pasar por eso. Cinco semanas en París durante el juicio. Todas las mañanas abría los periódicos para encontrarme con otra historia –susurró ella. Se estremeció delicadamente.

Nash frunció el ceño. Lorelei se preguntó qué estaría pensando. ¿Habría leído alguna de aquellas historias? No quería preguntar. No quería pensar al respecto. Simplemente quería pasar página.

–Todos esos hombres con lo que se suponía que yo estaba relacionada. Estuve en el yate de Yurovsky el verano pasado al menos con otras quince mujeres más, una de las cuales era su novia en ese momento. En cuanto a Damiano, lo conozco desde que yo era una adolescente. Jamás ha habido nada entre nosotros.

–No tienes que explicarme tu pasado –dijo él, aunque Lorelei notó la satisfacción reflejada en sus ojos.

–Al contrario, Nash. Sin embargo, yo te he hablado mucho de mi pasado y tú me has contado muy poco del tuyo. Creo que eres demasiado reservado.

–¿Quieres que te hable de las otras mujeres?

–¡Espero que no hables en serio sobre eso! –exclamó ella.

–Entonces, ¿qué es lo que quieres saber, Lorelei?

–Bueno, podríamos empezar por algo que te pregunté anoche. Sobre tus cicatrices. Me dijiste que las muestras en cada carrera. ¿Qué querías decir con eso? Sé que es probablemente muy complicado –dijo ella al ver el gesto serio que aparecía en el rostro de Nash–, pero me gustaría saber por qué haces lo que haces...

–¿Complicado? –repitió él con una triste sonrisa–. No, nena. Es muy sencillo. Está en la sangre. Mi padre, John Blue, trabajaba en un equipo de automovilismo y nos llevó por todo el mundo.

–Ah, una infancia internacional.

–Sí, podríamos decir eso.

Nash se quedó en silencio un momento, pero Lorelei esperó. Sentía que acababa de ver la punta de un enorme iceberg.

–Mi madre nos dejó cuando yo era prácticamente un bebé. No podía aguantar ese estilo de vida ni a mi padre. No puedo culparla. Nos dejó con mi padre –dijo apartando la mirada hacia la playa, como si estuviera buscando algo–. Él era un borracho y era también muy violento. Hizo que nuestras vidas fueran un infierno. Un día, Jack, mi hermano mayor, se puso al volante de un coche y nos inició a los dos en las carreras de rallies. Él era bueno, pero yo era mejor.

–No entiendo. ¿Corríais para vuestro padre?

–No. Yo corría por mi padre. Él tenía muchos sueños y yo iba a cumplirlos para él. En el momento en el que firmé con Ferrari, corté todo contacto con él.

Lorelei trató de contener un escalofrío. Desconocía aquella faceta de la vida de Nash. Imaginaba que era la determinación lo que le había convertido en un piloto tan bueno y en un hombre tan rico.

–¿Te vengaste?

–No. Sobreviví –replicó él secamente–. Tú no abandonaste a tu padre –añadió mirándola a los ojos–. Te admiro por ello.

–*Non*. No me admires. Mi madre tampoco formaba parte de mi vida, pero mi padre ni bebía ni hacía que mi vida fuera un infierno, al menos no a propósito. Me quería. ¿Cómo iba yo a poder abandonarle? Jamás podría abandonar a alguien a quien amo.

Nash la estaba observando como si las palabras de Lorelei fueran cuchilladas.

–Bien –dijo él–. Me alegra que te ame. Te lo mereces, Lorelei.

¿Acaso quería decir con eso que él no? Lorelei quería seguir preguntando, pero le daba la sensación de que él acababa de dar el asunto por zanjado y que rechazaría cualquier insistencia. Era posible que Nash fuera un hombre tan desencantado por los seres humanos que ella hubiera llegado demasiado tarde en su vida como para poder hacerlo cambiar.

Con un repentino movimiento, Nash se subió al muro al lado de Lorelei y le ofreció la mano. Una vez más, volvía a ser el hombre firme y sólido en el que se podía confiar.

–Ya basta de hablar del pasado. Esta tarde quiero mostrarte las montañas. Nos iremos en el Jeep.

Aquella noche, mientras cenaban, ella le preguntó lo que más ansiaba saber.

–¿El accidente que sufriste en Italia fue el que te sacó del mundo del automovilismo?

Nash negó con la cabeza.

–No. Nadie depende de mí –respondió él con voz tranquila y segura–. Si me matara en una carrera, al menos me marcharía del mundo haciendo algo que me gusta.

Lorelei estuvo a punto de atragantarse con el vino que estaba tomando. Se quedó atónita por su sinceridad.

–Eso que dices es algo terrible.

–No tengo intención alguna de salirme de la pista en un futuro cercano, Lorelei.

–No, pero... ¿Y tu hermano Jack?

Nash no respondió. Comenzó a cortar el filete que iba a cenar.

–¿Y yo? –añadió ella. Se quedó atónita al darse cuenta de lo que había dicho–. Lo que quiero decir es que, si algo te ocurriera, se me rompería el corazón –concluyó, con una pequeña sonrisa para aligerar el impacto.

Nash tomó el vaso de agua helada que estaba bebiendo.

–Lo tendré en cuenta.

Lorelei sintió en el pecho una terrible sensación de frialdad.

–Algo debió de hacerte parar –dijo.

Nash dejó el vaso sobre la mesa.

–Mi hermano Jack es un alcohólico, como mi padre. Perdió su negocio, su esposa, arruinó su vida. Pensó que no le quedaba nada más por lo que vivir. Hace seis años, entré en una habitación de hospital de Sídney y apenas lo reconocí. Yo llevaba ocho años corriendo profesionalmente y había regresado solo una vez. Su exesposa me dijo que yo tenía la culpa. Jack siempre deseó una carrera en el mundo del automovilismo, pero yo era el que tenía el talento. Por eso, dejé las carreras. Regresé a Sídney y viví durante un año con él. Lo ayudé a poner de nuevo en funcionamiento su negocio, iba con él todos los días a Alcohólicos Anónimos y me aseguraba que estaba bien. Se lo debía. Él me ayudó a llegar a la universidad. Es mi hermano y me odia.

–¿Por qué?

–El talento y la suerte. Para mi padre, yo era el pasaporte a una vida mejor y mi hermano estaba convencido de que yo le robé lo que debería haber sido suyo. En mi familia, nadie trabaja. Yo, por mi parte, he trabajado muy duro toda la vida para llegar hasta aquí. Eso es lo que hago. Trabajo. Regresé a Europa y vendí el diseño de Blue 11. En parte, lo hice porque quería demostrarles que era más que suerte, más que ser capaz de mantener el coche en la carretera a gran velocidad.

Tenía una expresión muy seria en el rostro.

–Eso me debería haber bastado, pero no fue así. Me encanta correr y ahora ya no tengo que demostrar nada. Ni a mi padre, ni a Jack ni siquiera a mí mismo. No quiero perderlo una segunda vez.

–¿Y por eso has decidido regresar?

–¿Te diste cuenta el otro día durante la cena?

–Me habría resultado imposible, Nash. Estaba en la misma mesa que vosotros.

Nash colocó las manos encima de la mesa y sonrió tristemente.

–¿Te he dicho alguna vez, señorita St James, que tienes un trasero de primera clase?

–Varias veces –replicó ella secamente mientras se secaba las lágrimas de los ojos con la servilleta y le ofrecía una maravillosa sonrisa–. Creo que deberías llevarme a casa para que te lo enseñe...

Nash se levantó y pidió la cuenta.

Lorelei apoyó la cabeza sobre el torso de Nash. No hacía más que pensar en todo lo que él le había dicho. Sabía que era egoísta por su parte, pero no podía evitar desear que él no regresara al mundo de las carreras. Sabía que ese retorno tendría consecuencias para su incipiente relación.

—¿Por qué ahora, Nash?

—Como te he dicho, empecé a correr por mi padre. Ahora, corro por mí mismo.

—Pero, ¿por qué ahora precisamente?

—No lo sé. Tal vez sienta un vacío en mi vida y sé que el automovilismo lo llenará.

—¿Qué clase de vacío?

Nash soltó una carcajada.

—No la clase de vacío que tú estás pensando, Lorelei.

—No sabes lo que yo estoy pensando —replicó ella.

—Sí, claro que lo sé. Tengo treinta y cuatro años. Lo que todo el mundo se estará preguntando a lo largo de los próximos meses, antes de que empiece a ganar, es si estoy sufriendo la crisis de los cuarenta.

—¿Tan seguro estás de ganar? —le preguntó ella. Nash le respondió con una mirada—. Durante los primeros meses de mi rehabilitación, lo que me sacó de la cama fue el deseo de regresar a la silla de montar. Solo cuando me di cuenta de que no podía regresar a la competición, me di cuenta de que el vacío no residía en la consecución de un sueño, sino en la ausencia de muchas cosas en mi vida.

—¿Y qué tienes ahora en tu vida? —preguntó él tras una larga pausa.

«Tú».

Aquel fuerte sentimiento la abrumó. Quería ser suficiente para él. Quería sustituir el mundo de las carreras. Quería que él se diera cuenta de que era un hombre extraordinario y que, por una vez, dejara de exigirse. Quería algo que, seguramente, jamás podría tener.

—Tengo mi trabajo —dijo.

—Sí, la fundación.

–No. Mis caballos.

–¿Tienes caballos?

–*Oui*. Dos. Están en Allards.

–¿Sigues montando?

–Cuando puedo. Bien, ¿qué es lo que te falta a ti en la vida, Nash?

–¿A mí? Me aburro fácilmente.

–En ese caso, tendré que encontrar maneras de evitar que te aburras –susurró ella. Se incorporó y se deslizó encima de él. Los rizos le cayeron a Nash sobre el torso. Él la miró a los ojos. El deseo saltó entre ambos–. Se me ocurren algunas cosas...

Lorelei sabía cómo hacer que un hombre la deseara. Siempre había sabido cómo cuidarse y si podía fiarse de un hombre. A Nash le había dado acceso a la parte más vulnerable de su corazón y le había convertido en su amante. En aquellos momentos, quería más.

Por primera vez en su vida, quería más.

–¿No se supone que tu regreso es un secreto? –le preguntó.

Él le acarició el trasero.

–Creo que está seguro

Lorelei lo besó. Nash le había dicho que confiaba en ella, que aceptaba que ella tenía derecho a saber y que la respetaba.

–Además –añadió él–, vamos a dejar escapar el rumor el lunes. El miércoles, ya lo sabrá todo el mundo.

Lorelei se sintió desilusionada. No estaba diciendo que confiara en ella. Estaba diciendo que no le importaba que ella lo supiera. Se le hizo un nudo en el corazón.

–¿Qué va a pasar el miércoles?

–Habrá una rueda de prensa y luego empezará todo.

–¿Qué empezará?

–Los entrenamientos. Y luego el circuito.

¿Tendrás que viajar mucho?

–Durante el próximo año.

Nash se sentó en la cama y la tumbó boca abajo. Entonces, comenzó a besarle la espalda y las redondeadas curvas del trasero.

–Tal vez pueda ir yo también...

–Me gustaría.

–¿De verdad? –le preguntó ella con incredulidad.

Nash le colocó la boca sobre la oreja.

–Tus visitas serán más que bienvenidas.

Ella esperó a que él le pidiera que fuera con él. No lo hizo.

Nash subió los escalones de tres en tres para entrar en la casa. Se moría de impaciencia por ver a Lorelei.

Aquella tarde, tras regresar a la casa, él había vuelto a salir. Jamás le había apetecido menos salir con los miembros de su equipo, pero tenía flecos que concretar con ellos. Aquella era su responsabilidad.

–Dos horas como máximo –le había dicho a Lorelei–. Después, te llevaré a cenar.

Ella había sonreído suavemente. Nash la notó triste por lo que él le había dicho la noche anterior. Tenía sus razones y no le había resultado fácil, pero Lorelei tenía que comprender que el automovilismo era lo primero.

Descubrió que la casa estaba vacía y, durante un extraño momento, se sintió él también vacío.

Lorelei se había marchado...

Lanzó un gemido de frustración y dio un portazo. Se estaba comportando como un adolescente. Entonces, se dio cuenta de que las puertas que daban al muelle estaban abiertas de par en par. Ella debía de estar fuera, seguramente en la playa. Entonces, vio un trozo de papel sujeto con una piedra en los escalones que llevaban a la playa. Había otro en el último escalón.

Nash dudó y luego sonrió.

No tardó en verla junto a la orilla. Resultaba evidente que lo estaba esperando porque, en el momento en el que lo vio, se levantó la túnica transparente que llevaba puesta.

Llevaba puesto un minúsculo bikini. Entonces, ella se llevó las manos a la espalda y se desató la cinta que sujetaba la parte de arriba. A continuación, sin mostrar pudor alguno, se quitó la parte de abajo. Entonces, levantó los brazos y comenzó a moverse con gracia y sensualidad. Había luna llena y, desde el ángulo en el que se encontraba Nash, parecía estar agarrándola con ambas manos.

Entonces, se dio la vuelta y comenzó a bailar.

Nash creyó que se le iba a parar el corazón. Conocía el cuerpo de Lorelei, pero, en aquel momento, no la reconocía a ella. ¿Por qué no se había percatado antes de que poseía tanta sensualidad? Había estado completamente ciego.

El deseo que sentía hacia ella prendió en su ser como una llama viva. Se dirigió hacia ella.

Lorelei siguió bailando. Cuando Nash estaba a pocos metros de ella, echó a correr y se escapó hacia el agua. Él no lo dudó. Se quitó los zapatos, camisa, pantalones y calzoncillos y se lanzó hacia el agua. Lorelei lo esperaba con el agua cubriéndole las caderas. Cuando Nash le agarró la cintura, soltó una carcajada. Justo en aquel momento, una ola rompió contra ellos.

Nash la besó, saboreando la sal en los labios de ella. De su mujer. De Lorelei

Ella le lamió los labios y le rodeó el cuello con los brazos. Su esbelto cuerpo cabalgaba contra el de él en el agua. Le rodeó la cintura con sus largas piernas y él la levantó, dejando que sus sexos se unieran. El de ella estaba caliente y húmedo, tanto que a Nash le sorprendió que el agua no hirviera a su alrededor.

Se hundió sin dudarlo en su cuerpo, dejando que el movimiento del mar los ayudara a alcanzar un ritmo casi imposible. El orgasmo de Lorelei lo empujó a él a una cima de simetría perfecta con ella. Lorelei vibraba. Juntos parecían volar.

Al cabo de unos minutos, él la sacó del agua y la llevó hacia la playa. Allí, la envolvió en una toalla y la condujo al interior de la casa. Lorelei estaba temblando y riendo. Se metieron los dos en la ducha y, allí, Nash le lavó el cabello y luego hizo lo propio con el suyo.

Lorelei se apoyó contra él mientras se enjuagaba y Nash sintió de nuevo la delicadeza de su cuerpo. El sentimiento de posesión que llevaba toda la semana experimentando volvió a cobrar vida con toda su fuerza. No quería dejarla escapar.

Se suponía que tan solo iban a ser unos pocos días, unas vacaciones antes de centrarse en las semanas de entrenamiento intensivo que lo esperaban. Jamás se había imaginado que ella le llegaría tan dentro. Para él, las mujeres iban y venían. Sin embargo, sabía que una parte de Lorelei siempre permanecería con él.

Al día siguiente, regresarían a Mónaco, directamente a la rueda de prensa, una carrera de exhibición para Eagle en Lyón. Después, los entrenamientos. No estaba preparado. Llevaba demasiado tiempo pensando en Lorelei y no lo suficiente en su trabajo.

La ironía era que, si dispusiera de otra semana, la pasaría también con ella. Él, que jamás había antepuesto una mujer a su trabajo.

Como sus padres, sabía cómo ser cruel para conseguir sus objetivos.

Lorelei estaba soñando. En su sueño, caminaba por un largo pasillo. Había puertas a ambos lados. Cuando pasaba a su lado, se abrían.

Allí estaba su madre. Joven, tal y como Lorelei la recordaba en sus años de juventud. Tenía una muñeca entre las manos que se parecía a la niña que ella había sido. Otra puerta se abrió para dar paso a su padre, tal y como lo había visto por última vez, con un traje y de espaldas a ella. Por fin, apareció su abuela. En una mano tenía dinero y en otra una pequeña miniatura de su casa.

Lorelei sentía miedo. Las manos se extendían para agarrarla, pidiéndole cosas. Entonces, oyó una profunda voz que la llamaba por su nombre. Se dejó abrazar y el sueño se desvaneció.

—Nash...

—Duérmete —le susurró él mientras le apartaba el cabello de los ojos—. Ha sido solo una pesadilla.

—*Oui* —murmuró ella cerrando los ojos.

Durante mucho tiempo permaneció despierta, con el brazo de Nash encima y su cuerpo curvado junto al suyo. Se sentía triste. Podría haber sido por el sueño, pero lo más probable era porque, al día siguiente, iban a regresar a Mónaco.

Sin embargo, no era la casa o sus deudas lo que la preocupaban, sino el hombre que estaba a su lado. Se acurrucó un poco más contra él.

«Me he enamorado de este hombre», pensó. Esperó a que el pánico se apoderara de ella. El miedo a la dependencia, a quedarse atrás, a no ser correspondida. No fue así.

Se acercó confiadamente a él y cerró los ojos. Volvía a estar frente al mar con él, segura de una única cosa: jamás había estado tan cerca de volar.

Capítulo 13

LORELEI, tenemos que hablar.

Según la información de la pantalla de vuelo, faltaban veinte minutos para llegar a Niza. Lorelei se quitó los cascos y miró a Nash. Había estado trabajando en un ordenador durante la mayor parte del vuelo, razón por la que no habían estado sentados juntos. Al menos, esa era la excusa que ella había buscado. Aquella mañana lo había encontrado muy distante, pero lo había achacado al hecho de tener que regresar a la rutina de su trabajo.

–Pareces portador de malas noticias –dijo ella cuando se sentó a su lado.

–¿Sí? –le preguntó él con frialdad–. Me voy a poner a entrenar mañana mismo. Y eso va a tener consecuencias en mi vida personal.

–Entiendo... Supongo que eso limitará el tiempo que podemos pasar juntos –susurró.

–Voy a someterme a un entrenamiento intensivo y luego empezaré en el circuito –repuso Nash–. Esto no ha ocurrido en el mejor de los momentos. Ojalá pudiera ser diferente, pero no es así. No quiero que te sientas atada a mí en modo alguno. No sería justo para ti.

Lorelei se levantó. No podía permanecer sentada allí, atónita. De repente, comenzó a escuchar un eco del pasado. Era su padre, explicándole por qué no podía seguir viviendo con él y por qué tenía que marcharse con su abuela. Entonces, Lorelei tenía trece años. No lo había comprendido entonces, pero acababa de comprenderlo en aquel avión. Era una mujer adulta. Tenía cierto conocimiento del mundo. Ella había experimentado sentimientos que le alimentaban el alma. Para él, solo había sido sexo.

—Qué amable eres por explicármelo —le dijo sin entusiasmo alguno—. Supongo que hay una razón para que no tuviéramos esta conversación hace varios días, ¿verdad?

—Las cosas han cambiado. Hace varios días no sabía que sería necesario.

—Entiendo. ¿Y qué ha cambiado para ti?

—No me había dado cuenta de que iríamos más allá de Mauricio. Mira, Lorelei, sé que tú has invertido tus sentimientos en el tiempo que hemos pasado juntos. Cuando nos marchamos, yo hice algunas suposiciones.

—*Ah, oui!* Todos los hombres con los que se suponía que me había acostado.

—Me refería a suposiciones sobre mí mismo.

Lorelei lo miró. No parecía estar mintiéndole, pero, a pesar de no querer hacerle daño, la estaba destrozando.

«Después de todo, Lorelei, no es culpa suya que no esté enamorado de ti».

—Eres una mujer extraordinaria, Lorelei —añadió—. Te mereces mucho más que un hombre como yo.

—Aparentemente —dijo ella secamente—. En realidad, no sé qué decir.

—No quiero que lo nuestro termine necesariamente, Lorelei. Lo único que te estoy diciendo es que hay ciertas dificultades de por medio. Yo tendré que mar-

charme durante largas temporadas y tendré que centrarme en mi trabajo. Lo único que te estoy diciendo
es que no me gustaría que te sintieras comprometida
conmigo.

—Eres un verdadero canalla, ¿lo sabías?

Los intensos ojos azules de Nash la miraron, tan
duros como el zafiro. Sin embargo, su voz sonó dulce
y suave.

—Sí —admitió.

Lorelei no sabía qué decir. No sabía cómo pelear
por aquello. ¿Cómo se pelea por algo que se tiene que
dar libremente? Ella le había abierto su corazón, había
pensado que le comprendía, pero resultaba evidente
que no sabía nada. Tenía que ser fuerte. Más fuerte
que él.

—¿Qué te ocurrió? ¿Quién te hizo esto?

Nash se estremeció al escuchar aquellas palabras.
Se puso de pie. De repente, parecían pesarle los hombros.

—Tengo un trabajo que hacer, Lorelei. Las relaciones jamás han sido mi fuerte —dijo—. Cuando bajemos
del avión, un coche te estará esperando. Te llevará a
la ciudad. Yo me iré en el Veyron.

—*Ainsi soit-il* —repuso ella. Que así sea. Sabía que
no le serviría de nada negarse.

—El coche te llevará a mi apartamento. Puedes quedarte allí hasta que mejore tu situación. Necesitas un
techo sobre la cabeza.

—No creo que eso sea ya preocupación tuya, Nash.

—Deja que te ayude en esto.

Lorelei se acercó a él y lo miró a los ojos.

—¿Por qué diablos no me dejaste en la puerta de mi
casa aquella mañana? Si lo único que querías era una
aventura, podrías haberlo dejado ahí. No te pedí que

me llevaras a Mauricio, pero creo que me merezco algo más que me dejes tirada quince minutos después de aterrizar.

Nash la miró a los ojos y asintió.

–Sí. Así es.

Lorelei se dio la vuelta. No podía seguir mirándolo.

–Nash, ¿sientes algo por mí?

–Por supuesto que sí, Lorelei –respondió él. Estaba muy tenso.

–*Bon* –dijo ella después de respirar profundamente–. En ese caso, no quiero volverte a ver.

Con eso, se marchó del avión y se metió en la limusina.

–Llévala donde quiera ir –le dijo él al conductor.

En la limusina, Lorelei decidió bloquear el dolor abriendo su teléfono móvil. Tras reorganizar sus clases para la semana y adelantar la que tenía aquella misma tarde, envió un mensaje a su abogado para pedirle una cita. Entonces, le envió un mensaje a Simone, que estaba en París, a muchos kilómetros de distancia.

Te ruego que vengas. Te necesito.

Después, cerró los ojos para no llorar. Lo haría cuando estuviera sola. Y, con eso, se dio cuenta de que, por primera vez en dos años, controlaba por completo sus actos.

Nash estaba a punto de entregarle sus llaves al aparcacoches del hotel cuando comprendió que no iba a entrar. Durante el trayecto, había efectuado dos llamadas para pedirle información sobre el préstamo de Lorelei. Al cabo de una hora, se retirarían los candados de su casa. Sin embargo, no le parecía suficiente.

Se metió la mano en el bolsillo y sacó su teléfono móvil. Entonces, marcó el número de la limusina.

–¿Dónde la dejaste?

Tenía una rueda de prensa. Tenía que empezar con los entrenamientos. Tenía que dejarla marchar. En vez de eso, volvió a meterse en el coche y arrancó.

Había pasado muchas veces por delante del centro hípico, pero jamás había estado dentro. La encontró en la arena, después de que la recepcionista le diera indicaciones sobre dónde estaba.

Reconoció a Lorelei enseguida. Era una visión maravillosa. Su elegancia y habilidad quedaban patentes. Se sentó en un banco para contemplarla. Iba acompañada de una muchacha que montaba un caballo más pequeño que el de ella y que portaba una prótesis en el brazo y en la pierna derechos. Lorelei le estaba enseñando cómo manejar el caballo.

Una mujer lo miró con interés. Era la única persona en la zona aparte de ellos tres. Se acercó a Nash.

–Lorelei se ocupa de nuestro programa para jóvenes discapacitados. Es una magnífica entrenadora. Si está interesado, le puedo concertar una cita, pero he de advertirle que todo el mundo quiere sus clases con ella. Hay lista de espera.

Nash asintió y se retiró. No sabía lo que estaba sintiendo. Era magnífica. Parecía una reina sobre la silla. Recordó que ella le había hablado de sus dos años de rehabilitación. Nash había dado por sentado que lo había dejado todo cuando él como deportista debería haber sabido que no sería así. ¿Por qué no se había imaginado que ella canalizaría su empuje y su habilidad? Eso era precisamente lo que él había hecho.

Lorelei no era una mujer débil, sino fuerte. Había vuelto a empezar y haría lo mismo con su casa. Fuera como fuera como había acumulado aquellas deudas, habría una buena razón. Y él tenía intención de averiguarlo.

Cuando regresó a su coche, su teléfono móvil tenía un montón de mensajes.

La rueda de prensa. Apretó el botón de rellamada.

–Voy de camino, John.

Tras realizar la rueda de prensa, para alivio de sus compañeros de Eagle y anunció que iba a correr con Eagle la próxima temporada. Después de responder a las primeras preguntas, delegó el resto en los representantes de Eagle y salió de la sala de prensa sin más. Entonces, sacó el teléfono móvil.

–Mike –le dijo a su asistente personal–, tengo unas cuantas cosas que me gustaría que investigaras –añadió. Entonces, le pidió que encontrara toda la información pertinente sobre el juicio de Raymond St James y sobre sus acreedores.

John Cullinan salió al vestíbulo.

–Nash, tío, ¿estás en esto o no?

–Sí –respondió él tras volver a meterse el móvil en el bolsillo. Había hecho todo lo que podía por el momento–. Estoy en esto.

Sentada en el sofá de una habitación doble del Hotel de París, Lorelei sacudió la cabeza sobre los papeles que le había dado el banco.

–A ver si lo entiendo –dijo Simone removiendo su café–. Él ha negociado con el banco en tu nombre, ha pagado las mensualidades que tenías sin pagar y va a actuar como avalista tuyo durante los próximos seis meses.

–Oui, eso parece.

–¿Y es legal?

–Si lo firmo... Sin embargo, no puedo aceptarlo, Simone. Ahora no.

–Vas a aceptarlo, *chère,* aunque tenga que atarte y llevarte allí yo misma. Debe de estar sintiéndose muy culpable para hacer esto.

–No, él es así. Es muy generoso –dijo Lorelei. No podía olvidar que lo había dejado todo durante un año por su hermano.

–Mañana va a correr en Lyón –sugirió Simone–. Podríamos ir. Podrías hablarle sobre esto –añadió. Sin embargo, Lorelei negó vigorosamente con la cabeza–. ¿Sabes lo que pienso, *chère*? Ese hombre te ama. Simplemente está teniendo algunos problemas tratando de averiguar cómo demostrártelo.

–No me digas eso, Simone. Se comporta tal y como desea. Quiere pilotar coches, quiere ganar y antepone su trabajo a todo lo demás. Así ha sido toda mi vida. Mi padre anteponía sus mujeres a mí. Mi abuela la fundación. No pienso sufrir por un hombre que piensa que el aceite, la grasa y la velocidad son más importantes que mi amor.

–Estás enamorada de él –afirmó Simone.

–¿Es eso lo que has sacado de mi pequeño discurso?

Simone sacudió la cabeza y sonrió.

–¿Acaso no es eso lo único que al final importa, *cherie*?

¿Era lo único que importaba? Lorelei permaneció despierta toda la noche. Según su padre, el amor lo era todo, pero Raymond no había amado a nadie en toda su vida más a que a sí mismo. Ella se merecía mucho más. Todo el mundo se merecía que lo amaran sin barreras.

Amaba a Nash, pero se sentía decepcionada. Él no la amaba a ella. Sin embargo...

La casa.

Se la podía haber regalado, un gesto sin significado alguno para un hombre inmensamente rico. No lo había hecho. Había preferido quitarle la presión y darle tiempo. Tiempo para pensar, para tomar decisiones. Nash la conocía lo suficientemente bien como para saber que aquel sería el único regalo que ella no le arrojaría a la cara.

No había hecho que dependiera de él. Le había regalado su independencia. Le había hecho fuerte en todos los sentidos.

Se sentó de un salto en la cama. Entonces, se levantó y abrió la puerta del otro dormitorio. Simone encendió la luz y se levantó muy sobresaltada.

—¿Cuánto tiempo tardarás en llevarme a Lyón?

—Tres horas, más o menos —respondió Simone—. ¿Por qué?

—Voy a hacer lo que debería haber hecho en ese avión. Luchar por él.

Simone sonrió.

—¿Debería esperar verte en el noticiero de mañana por la noche, lanzando puñetazos a las chicas que siempre están al borde de la pista?

—Bueno, siempre existe esa posibilidad...

Capítulo 14

ERA día de carreras.

Nash siguió examinando los documentos que le habían enviado por correo a su *smartphone*. Raymond St James tenía una larga lista de acreedores. Entonces, se imaginó a Lorelei, desahuciada de su propia casa, tratando desesperadamente de evitar que él averiguara la verdad de su situación. Tan solo había conseguido que admitiera que tenía algunas deudas.

–Nash, tío. Estamos a punto.

Él dejó el teléfono. Se subió la cremallera del mono, se puso la máscara facial y agarró el casco. El rugido de los espectadores, el olor a gasolina y el sonido de los motores disparaban sus niveles de adrenalina. Sin embargo, aquella tarde el corazón ya le latía con fuerza, pero sabía cómo controlarlo y hacer su trabajo. Llevaba corriendo por todo el mundo durante una década. Normalmente, sabía el resultado de la carrera antes de meterse en el coche. Estudiaba la pista, conocía su coche y aplicaba la lógica y la habilidad y luego dejaba un dos por ciento en manos de la incertidumbre que rodea a todas las carreras. Era ese dos por ciento lo que había acelerado los latidos del corazón y, en aquella ocasión, no tenía nada que ver con la carrera.

Cuando atravesó la línea de meta, no disfrutó mucho de su victoria a pesar de los aplausos de los espectadores. Salió de su coche, abrazó a Alain Demarche y a Antonio Abruzzi, dio la mano a varias personas y se subió al podio.

Se estaba bajando del mismo, empapado de champán y rodeado de bellas chicas cuando la vio. Estaba junto a Nicolette Delarosa. Llevaba puestos unos vaqueros y una sencilla camiseta verde. Con el corazón a punto de saltársele del pecho, Nash se apartó del podio y trató de ir tras ella, pero la multitud la engulló.

Él se acercó a uno de los guardias de seguridad.

—Hay un Sunbeam Alpine del 55 en el aparcamiento VIP. ¿Puedes retenerlo hasta que yo salga?

—Claro.

—La dueña protestará bastante. Asegúrate de que se la trata con respeto.

—Por supuesto. Estupenda carrera, señor Blue.

—Gracias.

Nash rezó para que ella siguiera allí cuando saliera a buscarla. Si no lo estaba, tomaría un coche y se iría a Mónaco sin dudarlo para estar con ella.

No había querido ver lo que tenía delante del rostro. Su determinación por volver al mundo de las carreras había sido tal que había estado dispuesto a sacrificar la oportunidad que la vida le daba para poder amar y ser amado. Había estado tanto tiempo ignorando sus propias necesidades que a favor de otros que, cuando apareció Lorelei, no había sabido si quiera cómo empezar a amarla.

Cerró los ojos y respiró profundamente. Comprendió que su vida acababa de dar un giro irrevocable. Para mejor.

Cuando salió del circuito, se sorprendió mucho al ver a Lorelei sentada sobre el capó de su coche. No parecía enojada, sino que estaba charlando animadamente con los tres guardias de seguridad que la rodeaban y que parecían más interesados en impresionarla que en hacer su trabajo.

En el momento en el que Nash llegó junto al coche, los tres se evaporaron. Lorelei se reclinó sobre el capó, tal y como había hecho la primera vez que se vieron.

—Pensé que te había soñado —dijo él.

—¿Acaso tienes eso por costumbre?

—¿Últimamente? Sí, constantemente.

Lorelei se puso de pie y se colocó frente a él. Tenía el rostro muy serio.

—Yo no soy Jack. Te agradezco lo que has hecho por mi casa, pero no tienes por qué rescatarme, Nash.

—Eso ya lo sé —susurró él—. Te vi en el centro hípico. El día en el que regresamos de Mauricio te seguí hasta allí.

—¿Que me seguiste? No te vi.

—Estabas dándole clase a una niña con una prótesis. No lo sabía —musitó. Dio un paso hacia ella deseando tomarla entre sus brazos—. ¿Por qué no me lo dijiste?

—No lo sé. Te podría decir que fue porque no surgió en la conversación, pero la verdad es que... mira, no me siento orgullosa de ello, pero quería ocultarte algo porque sentía que tú me ocultabas muchas cosas.

—Me parece justo —afirmó él—. Sin embargo, tienes que saber que, cuando te vi, todo lo que me había hecho creer sobre mis sentimientos se hizo pedazos. No quería amarte, Lorelei, y por eso me dije que tú jamás podrías ser nada más que otra persona a la que tendría que rescatar.

—Y al final, así fue.

—No... me di tiempo —susurró él, sonriendo.

–Tú me diste tiempo a mí –le corrigió ella.

–No, nena. Yo no te estoy rescatando a ti. Lo hice por los dos.

–Entonces, ¿por qué no podías amarme? –le preguntó ella, directamente del corazón.

–Dios, Lorelei. Tenía miedo de amarte demasiado...

El tiempo pareció detenerse. Entonces, Nash siguió hablando.

–De niño, yo me encariñaba fácilmente. Mi padre tenía una fila de mujeres disponibles y, fuera la que fuera la que eligiera, ella se convertía en mi madre. Sin embargo, siempre se marchaban. Mi padre las hacía marcharse con sus borracheras, pero él decía que se iban por mi culpa. Sé que era mentira, pero cuando se es un niño, uno siempre cree a su padre.

–Nash... –musitó ella. Levantó y comenzó a acariciarle suavemente la mejilla.

–Cuando regresé a Sídney y vi cómo estaba Jack, su esposa me dijo lo mismo. Que estaba así por mi culpa. Y, en cierto modo, tenía razón. Yo había tenido éxito. Tenía una carrera, dinero... En cuanto te miré, Lorelei, lo único que vi fue una muchacha muy frágil que había acumulado deudas y que vivía como si no hubiera mañana.

–*C'est vrai.*

–Supe lo mucho que habías sufrido con ese juicio y toda la desagradable publicidad y pensé que si te ponía en el ojo público, toda la verdad sobre tu padre saldría a relucir. Por todas esas razones, no pude hacerlo. Pensé que te rompería, igual que le había hecho a Jack. Entonces, te vi en el centro hípico y supe que me había equivocado. Durante toda mi vida, la gente ha atribuido mi éxito a un don natural y, efectivamente, tengo talento. Sin embargo, he trabajado muy duro para llegar donde estoy. Cuando tú me hablaste de tu accidente, supe que éramos iguales. Tú también habías trabajado muy duro en tu deporte. Di por sentado que lo habías dejado, pero cuando te vi, convirtiendo tu sueño en algo mejor, algo necesario para otras personas, supe que eras una mujer muy especial, Lorelei. Entonces, realicé algunas llamadas. ¿Por qué diablos no me dijiste que tus deudas eran por las facturas del abogado de tu padre?

–No se lo dije a nadie. Estaba muy avergonzada...

–Deberías estar orgullosa. Tu padre es un hombre de suerte. Yo no hacía más que decirme que eras como Jack, pero la verdad es que eres muy fuerte. Eres la persona más fuerte que he conocido jamás. Más fuerte que yo.

Tantos halagos asustaron a Lorelei.

–Por favor, te ruego que no me conviertas en un trofeo. Soy de carne y hueso. Cometo errores...

–No, no. Jamás te he visto como un trofeo, Lorelei. Solo te dije eso porque no quería que fuera diferente a lo que yo había conocido antes. Sin embargo, ya lo era. Desde el momento en el que nos conocimos.

–Ojalá me lo hubieras dicho antes... Ojalá todo hubiera sido diferente...

–Y es diferente, Lorelei. No puedo perderte. Si no estás a mi lado para compartirlo conmigo, no me importa nada. Jamás lo he visto tan claro como hoy. Cuando te vi después de la carrera, me quedó más claro que el agua...

El corazón de Lorelei fue recuperando unos latidos más lentos y verdaderos.

–Tenías razón sobre lo que dijiste en Mauricio –añadió él–. Las carreras no fueron lo importante. Yo me sentía vacío. Y entonces te encontré a ti y el vacío desapareció. Sabía que te amaba. Lo sabía en lo más profundo de mi ser. No hacía más que decirme que tú no podrías arreglártelas, pero era yo el que no podía. Tenía tanto miedo de construir una vida alrededor de ti y que te marcharas... no estaba preparado para correr ese riesgo.

Lorelei se puso la mano sobre el corazón.

–Lo único que quiero es amarte –dijo ella suavemente. Sinceramente–. Si tú me lo permites...

Nash la tomó apasionadamente entre sus brazos y, durante unos minutos, la estrechó con fuerza entre ellos. Lorelei pensó en el niño que tanto ansiaba que le quisieran y el hombre en el que se había convertido, el que la abrazaba tan fuertemente, como si ella fuera una parte vital para él, tanto como la sangre en las venas o el aire que respiraba.

Igual que él lo era para ella.

Nash la amaba por quien era, no por quien quería que ella fuera. Era maravilloso.

Lorelei le enmarcó el rostro entre las manos.

–Vayas donde vayas, estés donde estés, ahí estaré yo. No te dejaré ni te traicionaré ni dejaré nunca de amarte.

Nash la besó. Temblaba ligeramente. Entonces, apoyó una sien sobre la de ella.

–Solo te pido que me dejes amarte –musitó.

–*Ah oui* –susurró ella–. También puedo hacer eso.

En una soleada mañana de abril, Lorelei salió a los jardines de su casa. Habían cambiado muchas cosas en seis meses. Se había invertido una ingente cantidad de dinero en la reforma de la casa y el jardín para conseguir que recuperaran su grandeza de antaño. Las fuentes fueron cobrando vida cuando la novia se reunió con su padre en lo alto de los escalones.

Al llegar al lado de Raymond, Lorelei se recogió la larga falda color marfil con una mano mientras enganchaba la otra en el brazo de su padre.

—¿Estás segura, *ma chère?* Todavía puedes cambiar de opinión.

Lorelei sonrió.

—Claro que lo estoy, papá. Lo estoy desde el momento en el que lo vi.

Raymond suspiró.

—Ya lo sospechaba. Entonces, es *l'amour.* Y yo gano un yerno muy rico.

Lorelei se echó a reír. Bajaron los escalones. Ella se detuvo para arrancar un tallo de lavanda y colocárselo a Raymond en la solapa.

Había salido de prisión poco antes de Navidad y estaba viviendo discretamente en Fiesole con su quinta esposa, una viuda italiana mayor que él con demasiado dinero y un excelente contable. Lorelei estaba segura de que Raymond estaba a salvo de su inclinación a apoderarse de lo demás.

Nash esperaba muy nervioso junto a la familia y amigos en el césped. Más allá, la imagen de Mónaco famosa en el mundo entero y la curva azul del mar Mediterráneo. Por primera vez en meses, él no había dormido allí, en la casa. Había pasado la noche en la suite del Hotel de París que tan buenos recuerdos tenía para ambos.

Aquella mañana, Nash estaba elegantemente vestido y acompañado de su hermano Jack. Aquella era la cita más importante de su vida y, aunque para llegar hasta allí había tenido que superar muchos obstáculos, ver a Lorelei dirigiéndose hacia él bajo un delicado velo de Valenciennes compensó todo el pasado.

Cuando Lorelei se acercó, extendió la mano. Ella se la agarró. Los dedos de ella temblaban, pero los de él estaban firmes. Se celebró la ceremonia y, cuando por fin fueron marido y mujer, Nash tomó a Lorelei entre sus brazos. Se sentía el hombre más feliz del mundo.

–Nash, estás temblando –le dijo ella con una sonrisa.

–Espera a que estemos a solas, señora Blue –replicó él.

–Me muero de ganas... –susurró ella.

Nash sonrió. No se podía expresar mejor lo que sentían. Entonces, sellaron su amor con un beso.

Acepte 2 de nuestras mejores novelas de amor GRATIS

¡Y reciba un regalo sorpresa!

Una proposición delicada

CAT SCHIELD

Ming Campbell había dejado de buscar el amor porque estaba desilusionada, pero formar una familia era lo primero en su lista de prioridades. Y no había mejor donante de esperma que su amigo de toda la vida, el empresario y piloto de carreras Jason Sterling. Pero él tenía una proposición propia: concebir ese hijo a la antigua usanza.

Tras el primer beso, las reglas establecidas se desmoronaron. La pasión desatada entre ellos lo complicaba todo: su amistad, la relación con sus familias… incluso el secreto sueño de Ming de tener un futuro con Jason.

¿Un hijo entre amigos?

¡YA EN TU PUNTO DE VENTA!

Bianca.

Era una atracción imposible…

El millonario Vito Barbieri tenía un vacío inmenso en su corazón desde que Ava Fitzgerald le había robado lo que más amaba, la vida de su hermano. Tres años después del trágico accidente, Ava salió de la cárcel sin más posesión que unos cuantos recuerdos confusos de aquella noche, de su encaprichamiento con Vito y de lo humillada que se había sentido cuando él la rechazó.

Una mañana, Vito descubrió que la empresa que acaba de adquirir había contratado a Ava Fitzgerald y, naturalmente, decidió vengarse. Pero sus planes dieron un giro inesperado cuando el deseo se cruzó en el camino.

Inocencia probada

Lynne Graham